창경원의 밤

창경원의 밤
광복 80년 기념 소설집

서해문집 청소년문학 039

초판 1쇄 발행 2025년 8월 25일

지은이   고수진 황다솜 강혜승 안효경 이지혜
펴낸이   이영선
책임편집   김종훈

편집   이일규 김선정 김문정 김종훈 이민재 이현정 조유진
디자인   김회량 위수연
독자본부   김일신 손미경 정혜영 김연수 김민수 박정래 김인환

펴낸곳 서해문집 | 출판등록 1989년 3월 16일(제406-2005-000047호)
주소 경기도 파주시 광인사길 217(파주출판도시)
전화 (031)955-7470 | 팩스 (031)955-7469
홈페이지 www.booksea.co.kr | 이메일 shmj21@hanmail.net

ⓒ고수진 황다솜 강혜승 안효경 이지혜, 2025
ISBN 979-11-94413-59-2   43810

서해문집
청소년문학
039

광복 80년 기념 소설집

고수진
황다솜
강혜승
안효경
이지혜

서해문집

| 차례 |

신사를 지키는 소녀 ———— •7

혼잣말 ———— •37

잃어버린 미래 ———— •63

녹음 속에 날아올라 ———— • 99

동물원의 밤 ———— • 133

신사를 지키는 소녀

고수진

고수진 대학에서 역사를 공부했다. 지금은 JY스토리텔링아카데미에서 청소년과 어린이를 위한 글을 쓰고 있다. 〈지렁이 구조대〉로 2025년 샘터 동화 우수상을 받았다. 지은 책으로는 《식스틴》(공저), 《칠성 에이스》, 《은하수꽃》, 《오리 우체부》, 《1019 고려 아이들》이 있다.

기요코는 데미즈야의 맑은 물로 오른손과 왼손을 차례로 씻고, 마지막으로 입을 헹궜다.

"하아!"

마음속까지 개운한 기운이 퍼져나갔다.

낡은 삼베 앞치마에 젖은 손을 훔친 뒤, 다시 한번 숨을 고른 기요코는 신사 깊숙한 곳으로 걸음을 옮겼다. 한 발 내디딜 때마다 흙바닥을 탁탁 두드리는 나막신 소리가 뒤따라 울렸다.

먼동이 희뿌옇게 밝아 오고 있었다. 평소 같으면 참배객 서넛은 찾아왔을 시간이었다. 그러나 오늘은 이상하리만치 조용했다. 파르라니 내려앉은 새벽빛에 갇혀 시간조차 흐르지 않는 느낌이었다.

그러고 보니 어제 늦은 오후부터 신사에 찾아오는 이가 없었다. 누군가 급히 달려와 히로히토 천황이 라디오로 뭔가를 발표했다고 말한 듯한데, 그 말을 들은 참배객들이 부랴부랴 신사를 빠져나간 게 마지막이었다.

본전 앞에 다다른 기요코는 걸음을 멈추고 숨을 내쉬었다. 신을 모시는 본전은 신사에서 가장 신성한 곳이다. 신사의 최고 책임자인 궁사 나리 외에는 아무도 들어갈 수 없다. 기요코는 궁사 나리의 명을 어기고 굳게 닫힌 문을 넘어서려는 것이 못내 마음에 걸렸다.

아랫입술을 지그시 깨물며 지난밤 꿈을 곱씹었다. 꿈에 나타난 언니는 기요코를 바라보며 하염없이 눈물만 흘렸다. 기요코가 꿈에서 깼을 땐 아직 깊은 밤이었다. 그러나 불길한 기분에 휩싸여 다시 잠들 수가 없었다.

기요코는 옷매무시를 가다듬으며 마음을 추스르고 나서야 본전 안으로 발을 들였다. 후텁지근한 바깥 공기와 달리 밤새 어둠 속에 도사리고 있던 서늘한 공기가 목덜미를 휘감았다. 왠지 모를 긴장감으로 어깨가 바르르 떨렸다.

제단 앞에 선 기요코는 고개를 들어 정면을 바라보았다. 화려한 금테 장식을 두른 거울이 바짝 야윈 한 여자아이를 비추고 있었다. 초라하기 짝이 없는 제 모습에, 기요코는 이맛살을 찌푸렸다. 그러던 찰나 은은한 빛이 거울 표면을 타고 흐르더니 한순간 반짝거리다 잠잠해졌다.

고작 두 손바닥만 한 거울 안에 온 신민을 품어 주시는 크나큰 분이 깃들어 계신다. 기요코는 조심스레 몸을 숙여 절을 올린 뒤 손뼉을 두 번 쳤다. 거울에 깃든 메이지 천황을 부르는 의식이었다.

기요코는 눈을 감고 나지막이 속삭였다.

"천황 폐하, 언니가 무사히 돌아오게 해 주세요. 제발 언니를 지켜 주세요."

언니는 작년 이맘때 신사를 떠난 뒤로 지금까지 아무 소식도 없었다. 신사를 찾아오는 사람들은 걸핏하면 언니를 입에 올리며 수군거렸다.

"부모를 잃고 오갈 데 없는 자매를 거둬 준 분이 누군데."

"그러게 말이야. 어미는 병으로 죽고 아비는 전차 사고로 잃었다지? 궁사 나리가 직접 거둬 먹여 주고 재워 줬더니, 신사에서 귀한 것을 훔쳐 달아나다니."

"열셋밖에 안 된 동생을 나 몰라라 버리고 저 혼자…. 쯧쯧."

"어린 게 벌써 노름판이나 드나들더니 물이 잘못 든 게지."

기요코는 어느 말도 듣고 싶지 않았다. 궁사 나리도 허황한 소문에 마음 쓰지 말라며 다독여 주셨다. 그러면서 덧붙였다.

"천황을 극진히 섬기거라. 그러면 천황께서도 언니를 잘 돌봐 주실 거다."

기요코는 세상의 모진 말들을 덜어내고, 오로지 그분의 말씀만을 가슴에 꼭꼭 새겨 담았다.

기도를 마치고 마지막 절을 올리려는 순간이었다. 바깥에서 소란스러운 기척이 들려왔다.

'무슨 소리지? 누가 왔나?'

기요코는 본전에 몰래 들어왔다는 사실을 들킬세라 후다닥 뛰쳐나갔다. 입구 쪽에서 고함이 들려오는 듯했다. 그 소리를 따라가다가 신사 앞마당에서 느닷없는 광경을 마주했다. 예닐곱 명의 조선인 남녀가 몽둥이와 곡괭이, 낫 따위를 휘두르며 곳곳을 누비고 있었다.

"다 끝났어. 끝났다고! 이제 우리 세상이야!"

"조선 땅에 왜놈 신이 웬 말이야! 싹 없애 버려!"

사람들은 여기저기 흩어져 닥치는 대로 때려 부쉈다. 와장창 깨지고 내던지는 소리가 뒤엉켜 사방 가득히 울려 퍼졌다. 기요코가 날마다 쓸고 닦으며 정성스레 살핀 신사가 순식간에 아수라장이 되었다.

흥분한 사람들 사이에서 배전을 노려보며 다가가는 남자가 눈에 띄었다. 기요코는 곧장 달려가 그의 옷자락을 붙잡았다.

"왜 이러세요? 여기가 어떤 곳인지 모르세요? 메이지 천황을 모시는 신성한 곳이라고요!"

"비켜! 방해하지 마. 어리다고 봐주지 않는다."

"이러면 안 돼요. 천벌 받아요. 두렵지도 않으세요?"

"천벌? 그까짓 것 겁낼까 봐? 나는 그보다 더 끔찍한 지옥에서 살았어!"

그는 잠깐의 주저도 없이 낫을 휘갈겨 배전 입구에 걸린 굵은 시메나와(금줄)를 단숨에 끊어냈다.

어느 틈엔가 주위에 매캐한 연기가 퍼지기 시작했다.

"부, 불이야!"

기요코는 데미즈야에서 물을 퍼와 불붙은 자리에 쏟아붓고, 발로 불씨를 짓밟았다. 급한 마음에 불더미 속으로 떨어진 금동 방울을 맨손으로 꺼내려다 크게 데였지만 개의치 않았다.

사람들은 차츰 본전이 있는 쪽으로 움직였다. 그 순간 기요코의 머릿속에 스친 것은 메이지 천황이 깃든 거울이었다.

'거울부터 지켜야 해! 그것만큼은….'

기요코는 몸을 돌려 부리나케 달려갔다. 본전 안에 들어가자마자 떨리는 손으로 거울을 품에 안고 사방을 두리번거렸다. 제단 뒤쪽에 작은 틈이 보였다. 그 안으로 황급히 거울을 밀어 넣고 겨우 한숨 돌리려던 찰나, 벌컥 문이 열렸다.

"거기서 뭐 해? 뭘 숨긴 거야?"

두건을 쓴 아주머니가 눈에 핏발을 세우며 안으로 성큼 들어섰다. 험상궂은 표정의 서너 명도 따라붙었다.

기요코는 다리에 힘을 주고 버텼다. 한 발짝도 물러나지 않을 작정이었다. 거울을 지켜야 한다는 생각뿐이었다. 두 팔을 양옆으로 벌리며 소리를 내질렀다.

"여긴 절대 안 돼요! 어서 나가세요."

"이런 쓸개 빠진 년. 일본이 패망한 줄도 모르고!"

아주머니가 기요코의 어깨를 잡고 거칠게 떠밀었다. 기요코가 넘어지면서 바닥에 나뒹굴었다. 그러나 아픔을 느낄 겨를도 없었다. 일본이 패망했다니. 그 말의 뜻을 헤아리느라, 잠시 멍했다.

"동희야!"

새하얀 여름 교복을 입은 태수 오빠가 허겁지겁 뛰어 들어와 기요코를 일으켜 세웠다.

동희.

오랜만에 듣는 이름이었다. 언니가 사라지고 난 뒤 기요코를 동희라고 부르는 사람은 아무도 없었다.

태수 오빠는 언니와 열일곱 동갑내기 동무였다. 가끔 언니도 없는 신사에 나타나곤 했지만, 매번 참배도 없이 휙 둘러보기만 하고 금세 사라졌다.

태수 오빠가 사람들을 둘러보며 말했다.

"지금 이럴 때가 아닙니다. 치안대가 꾸려질 예정이랍니다. 우리도 힘을 보태야지요. 어서 내려가 봅시다."

사람들은 돌아오겠다며 으름장을 놓고 신사 밖으로 몰려 나갔다. 그들을 따라가던 태수 오빠가 문득 걸음을 멈추고 기요코를 바라보았다. 무언가 할 말이 있는 눈빛이었다. 그러나 누군가 부르는 소리에 다시 고개를 돌려 사람들 사이로 사라졌다.

홀로 남은 기요코는 얼어붙은 듯 서서 생각에 잠겼다.
'일본이 패망했다고?'
곱씹을수록 낯선 말이었다. 신사 바깥에서 무슨 일이 벌어진 걸까? 알 수 없는 불안감이 번지던 차에 퍼뜩 궁사 나리가 떠올랐다.
'궁사 나리께 이 상황을 알려드려야 해. 그러면 어떤 말씀이든 해 주실 거야.'
혹시 신사를 비운 틈에 다시 누군가 들이닥칠지 몰랐다. 우선 제단 뒤로 손을 뻗어 거울부터 꺼냈다. 소맷부리를 끌어당겨 먼지를 털어내고, 제단 위에 깔린 하얀 천을 걷어내 조심스레 감쌌다. 품에 끌어안으니 보기보다 묵직했다. 기요코는 신사를 뛰어다니며 남은 불씨를 정리한 뒤 붉은 도리이를 지나 신사를 빠져나갔다.

여름 볕이 뜨겁게 내리쬐었다. 기요코는 숨통이 턱턱 막히는 무더위를 뚫으며 무악재를 넘어 궁사 나리가 계시는 남촌으로 종종걸음을 옮겼다. 스치는 거리마다 분위기가 어수선했다. 사람들은 태극기를 흔들며 어딘가로 몰려다녔고, 문을 연 상점은 찾기가 어려웠다. 주재소에는 불길이 치솟았으며, 때때로 "만세!" 소리가 들리기도 했다.
기요코는 바닥에 나뒹구는 호외 한 장을 주워서 급히 훑어보았다. 어제 정오에 히로히토 천황이 라디오 방송을 통해 연합국에 항복을 선언했다는 내용이 언문으로 적혀 있었다. 짧은 글이었지만 여러 번 읽어도 그 내용이 선명히 새겨지지 않았다.
'천황 폐하가 항복을?'
어제 오후 마지막 참배객들이 수군대던 말이 바로 이거였을까. 뒤늦게 정황이 짜맞춰졌지만, 그래도 믿을 수 없었다. 천황은 제국 신민에게 살아 있는 신이었다. 그런데 항복이라니. 패배라니. 세상이 발칵 뒤집혀도 있을 수 없는 일이었다. 항복을 선언하는 천황의 모습은 상상이 되지 않았다. 이 모든 게 누군가 꾸며낸 거짓처럼 거북하게 느껴졌다.
'언니, 이상해. 다 이상해. 너무 무서운데 나만 두고 어디 간 거야?'
기요코는 정신이 아득해지며 눈앞이 어지러웠다. 쿵쿵 뛰는 심장을 눌러 앉히려 품속으로 거울을 끌어당겼다.
그즈음 나이 든 남자 하나가 뒤뚱거리며 달려왔다. 왠지 낯익은 얼굴이라 자신도 모르게 시선이 쏠렸다.
"아!"
스무 걸음 남짓 거리가 좁혀지고 나서야 그가 누구인지 알아보았다. 태수 오빠가 다니는 학교의 일본인 선생님이었다. 신사에 데려온 학생 중 몇몇이 참배를 거부하자 서슴없이 따귀를 날리던 장면이 뚜렷이 기억났다.
태수 오빠도 그날 참배를 거부한 학생 중 하나였다. 남들 모르게 배전 입구에 침까지 뱉었다. 무척이나 불량한 모습에 선생님께 일러바칠까 망설이기도 했지만, 언니가 태수 오빠만 보면 볼을 발그레 붉혔던 게 생각나 모른 척해 주었다.

기요코의 코앞까지 다가온 선생님은 누군가에게 쫓기는 행색이었다. 겉에 걸친 하오리는 끝자락이 찢겨 너덜거렸고 이마에 난 상처엔 핏자국도 엉겨 붙어 있었다.

어느 때인가 신사에서 참배를 마친 선생님이 기요코를 불러 만주의 방직 공장에 일자리를 알아봐 주겠다며 마음을 써 준 적이 있었다. 기요코는 신사에 남아 언니를 기다리느라 거절했지만, 만약 만주로 갔으면 공장에서 번 돈으로 학교도 다니고 양장 치마도 사 입으며 잘 지냈을 터라 내심 아깝기도 했었다.

그때의 고마운 기억이 떠오르자 선생님을 도와야겠다는 생각이 들었다. 기요코는 빈 가게 앞의 좌판대를 가리키며 외쳤다.

"선생님, 저쪽으로요. 저 뒤에 숨으세요!"

선생님은 잠시 당황했으나, "아, 신사?"라며 기요코를 금방 기억해 냈다. 그러더니 시키는 대로 좌판대 뒤쪽에 커다란 몸을 억지로 쑤셔 넣었다.

때맞춰 조선인 여자 둘과 남자 둘이 골목 안쪽에서 나타났다. 그들은 주위를 두리번거리며 무언가를 찾는 듯했다. 기요코가 그들 곁으로 은근슬쩍 다가가자, 누군가 기요코를 붙잡고 말을 걸었다. 키가 껑충 큰 젊은 여자였다.

"너 조선인이지? 혹시 청록색 하오리 입은 노인 하나 못 봤니?"

기요코가 의도한 대로였다. 여자는 왼쪽 팔뚝에 '치안대'라고 적힌 천을 두르고 있었다. 오늘 아침 태수 오빠가 말한 바로 그 치안대였다. 기요코는 경계하는 눈초리로 여자를 훑어본 뒤 반대 방향을 가리켰다.

"저쪽으로 갔어요."

그때였다. 무언가 휙 날아오더니 기요코의 이마를 정통으로 맞혔다.

"으윽!"

기요코 입에서 비명이 터져 나왔다. 이마를 문지르며 바닥을 내려다보니 주먹만 한 돌멩이가 떨어져 있었다.

"누구야!"

눈을 동그랗게 뜨고 주위를 둘러보았다. 기요코의 또래쯤 되는 조선인 소녀가 흰 저고리 소매를 팔꿈치까지 걷어붙이며 좌판대를 가리켰다.

"거짓말하지 마! 네가 저기에 숨긴 거 다 봤어!"

그 말이 끝나기도 전에 나머지 치안대원들이 일제히 달려가 숨어 있던 선생님을 끌어냈다. 기요코는 질질 끌려가는 선생님의 뒷모습을 보며 애타게 발만 동동 굴렸다.

소녀가 다시 소리를 질렀다.

"말하는 걸 보니 너도 조선인 같은데, 어째서 일본인을 감싸는 거야?"

"우리는 다 같은 황국 신민이야. 일본이랑 조선은 구별이 없다고 그랬어!"

기요코는 정말로 그렇게 믿었다. 궁사 나리의 말도 그러했고, 신사에 참배하러 오는 사람들 역시 그렇게 말했다.

"헛소리 작작해! 네가 숨긴 저 사람이 어떤 짓을 했는지 알아? 우리 언니한테 만주 공장에 취직시켜 주겠다고 꼬드겨 전쟁터로 팔아넘겼다고!"

소녀가 두어 걸음 다가와 일그러진 표정을 들이밀었다. 기요코는 소녀를 피하려다가 중심을 잃고 휘청였다. 하마터면 품에 안은 거울을 떨어트릴 뻔했다. 그러기 전에 얼른 등을 말아 거울을 감싸 안았다. 옆에 있던 키 큰 치안대원이 소녀를 말렸다.

"진정해. 이 아이는 아무것도 모르고 그랬을 거다."

소녀는 입술을 바들바들 떨며 외쳤다.

"모르고 그랬으면 다 용서되는 거예요? 모르는 것도 죄라고요!"

그 소리에 기요코는 고개를 돌려 소녀를 바라보았다. 언니에게 비슷한 말을 들었던 기억이 불현듯 떠올랐기 때문이다.

사라지기 서너 달 전, 언니는 매일 밤 이불 속에서 한숨을 내쉬었다.

"아무것도 몰랐어. 이럴 수는 없어."

자신을 탓하는 소리가 이불 밖으로 새어 나오기도 했다. 몰랐던 게 무엇이냐며 보채듯 물어도 언니는 도통 입을 열지 않았다.

기요코는 시간이 흐르면 언니도 나아질 거라 믿었다. 그러나 바람과는 달리 언니의 한숨은 나날이 깊어졌다. 눈에 띄게 말수가 줄었고 시든 꽃처럼 말라 갔다. 나중에는 신사를 돌보는 일조차 아예 놔 버렸다. 기요코는 언니가 궁사 나리 눈 밖에 날까 전전긍긍이었다. 그저 언니 몫까지 해내며 묵묵히 기다릴 수밖에 없었다.

기요코가 언니와 함께 지내던 집은 신사 바로 옆에 아무렇게나 지어진 너와집이었다. 부엌이나 뒷간도 없이 달랑 방 하나가 전부였다. 그마저도 신사에서 제를 올릴 때 사용하는 물건들이 방의 절반 이상을 차지했다. 언니와 나란히 누우면 뒤척일 자리조차 없이 비좁았다. 그러나 기요코에게는 언니의 숨결을 가까이에서 느낄 수 있는 그 방이 세상에서 가장 따뜻한 곳이었다. 기요코는 그 온기가 식기 전에 언니도 분명 제자리로 돌아올 거라 믿었다.

그러나 언니는 날이 갈수록 이상해졌다. 불량한 사람들과 어울려 다니며 신사를 자주 비우더니 노름판을 기웃거린다는 소문까지 돌았다. 그즈음 신사의 물건들도 하나둘씩 없어졌다. 결국 언니는 자신을 나무라는 궁사 나리에게 대든 다음 날 말도 없이 홀연히 떠나 버렸다.

키 큰 치안대원이 망연히 서 있는 기요코의 어깨를 두드렸다.
"어서 가. 가서 새 세상을 맞이하도록 해."
기요코는 어떤 말로 대꾸해야 할지 몰라 눈만 끔뻑거렸다. 준비도 없이 맞이한 낯선 세상이 한없이 막막했다. 도망치듯 그 자리를 빠져나오며 두려움을 몰아내듯 읊조렸다.

"새 세상 따위 필요 없어. 새 세상 따위…."

기요코의 발길은 여전히 궁사 나리가 있는 곳을 향해 나아갔다. 그러나 "모르는 것도 죄"라는 소녀의 말이 끈적거리는 땀처럼 달라붙어 머릿속에서 떠나지 않았다. 그 말을 되새길수록 가슴속 저 아래에서 금이 가는 소리가 들리는 것 같았다.

'내가 뭘 모른다는 거야? 대체 뭘 알아야 하는 건데!'

아무것도 몰랐다던 언니도 무언가를 알게 된 뒤로 더 나빠지기만 했다. 어쩌면 언니는 완전히 깨져서 산산이 흩어져 버린 걸지도 몰랐다. 기요코는 자신도 언니처럼 부서질세라 온몸이 저릴 만큼 힘을 주며 내달렸다.

어느새 붉은 벽돌로 빈틈없이 쌓아 올린 높다란 담장이 나타났다. 서대문형무소였다. 기요코는 이 앞을 지날 때마다 어느 틈으로 새어 나오는지 모를 서늘한 기운을 느끼곤 했다.

닷새마다 형무소 담장을 지나 궁사 나리께 다녀오는 것은 기요코가 빠짐없이 해 오던 일이었다. 기요코는 그 앞에서 천황을 얼마나 성심껏 모셨는지 말씀드리고 주먹밥이나 감자를 얻어 왔다. 닷새치 식량이었다. 그럴 때마다 궁사 나리는 매번 같은 말로 당부했다.

"잘하고 있구나. 천황 폐하를 모시는 황국 신민으로서 자부심을 가지거라."

그 말을 충실히 따르듯 기요코는 교복을 단정히 차려입은 학생부터 훈장을 주렁주렁 단 군인까지 찾아와 고개 숙여 참배하는 모습을 보면 가슴이 벅차올랐다.

평소라면 굳게 닫혀 있어야 할 형무소 정문이 오늘따라 활짝 열려 있었다. 그런가 싶더니, 안에서 초췌한 몰골의 사람들이 쏟아져 나왔다. 정문 앞에는 그들을 맞이하는 이들이 몰려 북새통이었다. 서로를 끌어안고 매만지며 탄성과 울음, 원망과 안도가 오가는 가운데, 기요코는 아는 얼굴을 발견하고 멈칫했다.

'어, 태수 오빠?'

태수 오빠는 초조한 낯빛으로 형무소 너머를 뚫어져라 쳐다보고 있었다. 누굴 기다리는 걸까. 궁금함도 잠시였다. 곧 주위의 소란에 시선을 빼앗겨 흙바닥을 구르며 몸부림치는 노인을 바라보았다. 노인은 바닥에 축 늘어진 아들의 표정 잃은 얼굴을 매만지며 울부짖었다.

"죽일 놈의 궁사가 널 이렇게 만들었어. 내 손으로 갈기갈기 찢어서 죽일 테다!"

그러자 곁에서 분노에 찬 목소리 하나가 보태졌다.

"궁사라고 했소? 무악재 너머 그 신사에 있는 자가 맞소? 그럼 나도 갑시다! 나도 비슷한 처지요."

이내 몇 사람이 더 맞장구를 치며 나섰다. 기요코는 무슨 사정인지도 모른 채 심장이 철렁 내려앉았다.

'궁사 나리가 위험해!'

기요코는 단숨에 등을 돌려 내리 달렸다. 온몸이 땀으로 흠뻑 젖었지만 숨 고를 틈도 없이 걸음을 떼었다. 그러나 등 뒤에 무언가를 두고 온 것 같은 기분이 문득문득 발길을 잡아 끌었다. 그럴수록 기요코는 점점 무겁게 느껴지는 거울을 꼭 끌어안은 채 멈추지 않고 뛰었다.

한참을 달린 끝에 본정통에 들어섰다. 일본어 간판이 즐비한 거리는 남촌에서 가장 떠들썩하고 화려한 별천지였다. 그러나 지금은 일장기가 바닥에 너절하게 나뒹굴고, 일본인들은 커다란 가방을 움켜쥔 채 어딘가로 바삐 흩어졌다.

그들 곁을 지나쳐 경성 우편국 옆 골목으로 접어들자, 으리으리한 2층 목조 건물이 시야에 들어왔다. 드디어 도착한 나리의 집이었다. 마침 궁사 나리가 대문 밖으로 나와 검은색 포드 자동차 뒷자리에 짐들을 욱여넣고 있었다.

기요코는 궁사 나리에게 다가가 헐떡이는 숨을 가누며 말했다.

"헉헉, 큰일 났어요. 나리를 노리는 사람들이 곧 이쪽으로 몰려올 거예요!"

"뭐라고?"

궁사 나리가 놀란 표정으로 기요코의 어깨 너머를 다급하게 살폈다.

"신사에도 사람들이 쳐들어와서 막 부수고 불까지 질렀어요. 또 올 거라고 했어요. 이제 어떻게 해요? 사람들이 왜 그러는 거예요? 정말 천황 폐하께서 항복하신 거예요? 아니죠? 그럴 리 없잖아요. 헛소문인 거죠?"

기요코는 억눌렀던 감정을 터트리듯 쌓였던 질문들을 한꺼번에 쏟아냈다. 궁사 나리의 대답이 간절했다.

"그 입 좀 다물어! 정신이 하나도 없잖아."

그러나 궁사 나리가 내뱉은 말은 귀를 의심케 했다. 그는 기요코를 거들떠보지도 않고 이미 짐으로 가득한 자동차 뒷좌석에 커다란 짐가방 하나를 더 밀어 넣느라 안간힘을 쓸 뿐이었다.

"어, 어디 가시려고요? 신사는요?"

궁사 나리가 어이없다는 듯 기요코를 흘끗 쳐다보았다.

"지금 신사가 문제냐?"

"나리."

기요코는 석상처럼 굳어서 그 말이 무슨 뜻인지 되묻지도 못했다. 신사가 문제가 아니면 무엇이 문제일까? 신사에서 천황을 잘 모시는 것이 황국 신민의 도리라며 귀에 못이 박히도록 당부한 사람은 다름 아닌 궁사 나리였다.

'아, 거울!'

그러나 거울이 떠오른 순간, 다른 생각이 스쳤다. 궁사 나리가 거울을 챙겨서 멀리 떠나면 적어도 거울만큼은 안전할 거라는.

기요코는 열린 차 문 사이로 재빨리 거울을 밀어 넣었다.

"본전에서 모셔 왔어요. 잘 챙겨서 멀리…."

그러나 말이 끝나기도 전에 궁사 나리가 거울을 낚아채더니 바닥에 내팽개쳤다.

"이딴 걸 왜 들고 왔어?"

"…!"

기요코는 두 손으로 튀어나오려는 비명을 틀어막았다. 이건 그냥 거울이 아니다. 메이지 천황이 깃들어 계시는 신성한 신체(神體)다. 기요코는 떨리는 손으로 곧장 거울을 주워 품에 안았다.

"나, 나리! 그깟 가방이 뭐라고 신체를 이리 대하시는 거예요?"

기요코는 궁사 나리가 차 안에 억지로 밀어 넣으려는 가방을 빼앗다시피 했다.

"오늘따라 이년이 왜 이러는 거야?"

궁사 나리가 흥분을 참지 못하고 기요코를 거칠게 밀쳤다. 그 바람에 기요코가 붙들고 있던 가방이 바닥에 쿵 떨어졌다. 입구가 벌어지며 누런 금덩이가 드러났다.

궁사 나리는 순간 움찔하더니, 재빨리 가방을 주워 차 안으로 밀어 넣었다. 기요코는 얼이 빠진 채 창문 너머로 차 안을 들여다보았다. 터질듯한 짐가방과 고급 장식품이 꽉꽉 들어차 있었다. 저 틈에 귀하디귀한 신체 하나 끼워 넣을 자리가 없을 리 없었다.

궁사 나리가 눈을 부라리며 소리쳤다.

"제 언니처럼 질긴 년. 선주 년도 날 거슬리게 했다가 어떻게 됐는지 알아?"

"선주? 언니 말씀이에요?"

기요코의 목소리가 한껏 높아졌다.

"너도 네 언니랑 똑같은 꼴 당하고 싶어?"

그때였다. 웅성거리는 소리가 들리는가 싶더니 빠르게 다가오는 사람들이 보였다. 형무소 앞에서 마주쳤던 노인과 몇몇도 섞여 있었다.

"저 버러지 같은 것들!"

궁사 나리가 욕지거리를 뱉으며 운전석으로 몸을 틀었다. 기요코는 반사적으로 궁사 나리의 팔을 움켜잡았다.

"언니가 어떻게 됐는데요? 언니 소식을 아시는 거예요?"

"뭐야, 이거 놔!"

궁사 나리가 발길질을 날렸다. 기요코는 명치에 강한 통증을 느끼며 앞으로 고꾸라졌다. 바닥에 손을 짚고 숨을 몰아쉬던 기요코는 믿을 수 없다는 듯 고개를 들었다. 그 틈에 궁사 나리를 태운 차는 요란한 소리를 내며 저만치 사라졌다. 뒤늦게 몰려온 사람들이 가슴을 쳤다.

"네가 사람이냐? 하늘이 널 가만둘 것 같으냐?"

"멀쩡했던 아버지가 네놈 탓에 주검으로 돌아왔다. 당장 살려내란 말이야!"

기요코는 멍한 눈길로 사람들을 둘러보았다. 이글거리는 뙤약볕 아래로 사람들의 분노도 뜨겁게 타오르고 있었다.

'도대체 무슨 일이 있었던 거지? 궁사 나리가 무슨 짓을 한 거야?'

기요코는 천천히 고개를 내저었다. 그러다 문득 바닥에 내던져졌던 거울이 걱정되었다. 황급히 천을 걷어낸 순간, 기요코는 소스라치게 놀랐다.

거울 표면에 가느다란 금이 가 있었다. 기요코는 입술을 파르르 떨며 깨진 거울을 감추듯 힘껏 끌어안았다. 신의 노한 음성이 귓가를 찌르는 듯했다.

기요코는 벌떡 일어나 후들거리는 다리를 부여잡고 신사를 향해 내달았다.

신사 본전 안에 저녁 어스름이 스며들었다. 기요코는 구석에 웅크리고 앉아 꼼짝도 하지 않았다. 궁사 나리가 거울을 바닥에 패대기치던 장면이 머릿속에서 사라지지 않았다.

'그동안 천황을 얼마나 성심껏 섬기셨는데, 그리 변할 수가…'

기요코는 그 까닭을 세상이 뒤틀려 버린 탓으로 돌리고 싶었다. 천근만근 가슴을 짓누르는 답답함이 밀려왔다.

어느새 주위가 캄캄해졌다. 무거운 적막 속에서 저벅저벅 발걸음 소리가 울렸다. 기요코는 문밖으로 신경을 곤두세웠다. 거친 숨소리까지 더해졌다.

'누구지? 설마 또? ….'

기요코는 마른침을 꿀꺽 넘겼다.

"동희야, 어딨니? 있으면 좀 나와 봐."

그러나 밖에서 들려오는 목소리는 분명 아는 목소리였다. 기요코는 살며시 문을 열고 내다보았다. 태수 오빠가 누군가를 업은 채 마당을 서성이고 있었다.

"거기 있었니?"

태수 오빠는 기요코와 눈이 마주치자 곧장 본전 안으로 밀고 들어왔다. 아무 말도 없이 업고 있던 사람을 조심스럽게 눕혔다. 그 사이 기요코는 등잔에 불을 밝혔다. 어두컴컴했던 공간에 옅은 빛이 감돌면서 벽면에 세 사람의 그림자가 일렁거렸다.

바닥에 누워 간신히 숨만 내쉬는 사람은 젊은 여자였다. 시퍼런 피멍으로 가득한 얼굴은 잔뜩 부어올랐고 뼈만 남은 듯한 앙상한 팔다리는 상처투성이였다.

"누군데요?"

"그, 그게…."

태수 오빠는 말이 쉽게 나오지 않는 듯했다. 태수 오빠의 눈빛이 심상치 않았다. 기요코는 이상한 기분이 들었다. 다시 고개를 돌려 여자의 얼굴을 찬찬히 뜯어보았다. 그 순간 기요코의 입에서 가느다란 신음이 흘러나왔다.

"언, 언니?"

언니는 한눈에 알아보지 못할 만큼 망가져 있었다. 살아 있다고 보기도 힘들 정도였다.

"언니가 대체 왜 이런 거예요? 오빠는 알고 있죠?"

한여름인데도 한기가 파고들어 어깨가 오들오들 떨렸다. 태수 오빠가 한참 뜸을 들이더니 겨우 입을 열었다.

"선주는 줄곧 형무소에 갇혀 있었어."

"네? 형무소라니요?"

"선주가 충칭에서 독립 전쟁을 준비하는 항일군에게 자금을 댔거든. 그 사실을 들켰어."

"그럴 리가요. 언니에게 그런 돈이 있을 리가 없는데…."

"신사의 물건을 팔아서 돈을 마련했나 봐. 선주가 드나들던 노름판이 항일군들과 정보나 자금을 주고받는 곳이었대."

태수 오빠가 계속 터무니없는 말을 늘어놓자 기요코는 불쑥 화가 치밀었다.

"대체 그게 무슨 소리예요? 언니가 궁사 나리 모르게 그렇게 위험한 짓을 할 리가 없잖아요."

태수 오빠가 끓어오르는 감정을 누르지 못하고 발끈 목소리를 높였다.

"선주를 신고한 사람이 바로 궁사야!"

기요코는 숨이 멎는 기분이었다. 그러나 이내 정신을 차리고 따지듯 물었다.

"궁사 나리요? 궁사 나리가 왜요?"

"궁사는 원래 그런 자야. 겉으로는 신사를 지키며 선량한 척했지만, 그동안 밀정을 심어 나라를 되찾으려는 조선인들을 하나둘씩 경찰에 넘겼어. 물론 그 대가를 톡톡히 받았을 테지."

태수 오빠는 작정한 듯 내처 말을 이었다.

"궁사가 네 아버지까지 죽게 만들었어!"

"아, 아버지를요? 전차 사고가 아니고요?"

기요코는 스스로 물어 놓고도 그 뒤에 나올 대답을 감당할 자신이 없었다. 심장이 미친 듯이 뛰었다.

"네 아버지도 궁사의 지시를 받고 오랫동안 밀정 노릇을 했어. 아버지의 밀고로 숱한 조선인들이 끌려가거나 죽었고, 그 가족들까지 고초를 겪었지."

태수 오빠는 말을 멈추고 숨을 크게 내쉬었다. 기요코는 떨리는 손끝으로 치맛자락을 꽉 움켜잡았다. 두 사람 사이에 먹먹한 침묵이 흘렀다. 태수 오빠가 다시 입을 열었다.

"궁사는 네 아버지가 밀정이라는 사실이 들통나자 사고로 위장해서…. 하아, 더는 필요없다고 판단했겠지. 오히려 자신이 하는 일에 방해가 될 수도 있고 말이야. 선주는 아버지가 한 짓을 우연히 알게 되었고, 끝내 용서하지 못했어. 그러다 결국 조선의 해방을 위해 위험한 일에 뛰어들게 된 거야. 나도 뒤늦게 그 사실을 알고 말렸지만 소용없었어."

기요코는 가슴을 움켜잡았다. 숨이 잘 쉬어지지 않았다. 매일 밤 울음을 삼키며 뒤척이던 언니의 숨소리가 귓가에 되살아났고, 해방이 되어도 기뻐하지 못하고 절규를 토해내던 조선인들의 모습도 눈앞에 아른거렸다.

"면회를 갈 때마다 선주는 네가 모르게 해 달라며 당부했어. 아버지의 일도, 자신의 일도 말이야. 너 혼자 감당하기에 너무 힘든 일이잖아. 그래서 네가 얼마나 간절하게 언니를 기다리는지 알면서도 말하지 못했어. 미안하다."

기요코는 감정이 뒤엉켜 아무 말도 떠오르지 않았다. 가까스로 숨만 고를 뿐이었다.

언니에게 다시 눈길을 돌린 태수 오빠는 언니의 손을 그러쥐었다. 그렇게 잠시 더 바라보다가 의사를 데려오겠다며 몸을 일으켜 밖으로 나갔다. 닫힌 문 너머로 무거운 발소리가 점점 멀어지더니, 어둠 속에 정적만 길게 이어졌다.

주위는 또다시 깊이 고요해졌다. 그러나 기요코의 머릿속에선 소용돌이가 치고 있었다.

조선의 해방.

기요코는 단 한 번도 살아 보지 못한 세상이었다. 눈을 감아도 떠오르지 않고, 손을 뻗어도 닿지 않을 만큼 아득했다. 그러나 언니는 먼 하늘의 별을 쫓듯 그것을 찾아다녔다. 그러느라 기요코를 버려두었고 자신의 목숨까지 위태로워졌다. 아무리 아버지가 씻을 수 없는 죄를 지었다고 해도, 기요코는 언니의 선택이 이해되지 않았다. 끝내 답답한 마음이 목소리를 타고 터져 나왔다.

"해방? 독립? 대체 그게 뭔데? 우리가 언제부터 그런 나라에서 살았다고? 응? 어서 대답해 봐. 당장 일어나서 대답 좀 해!"

외침이 메아리가 되어 기요코에게 되돌아왔다.

"동…희야….''

언니가 끊어질 듯 가느다란 목소리로 기요코를 불렀다.

"언니!"

기요코는 단박에 언니의 가슴에 얼굴을 묻었다.

"언니, 왜 그랬어? 왜 나만 두고 떠났어?"

"널 떠난 거… 아니야. 매일, 매일 네 생각 했어. 태수가… 가끔… 네 소식도 들려줬어."

"언니….''

태수 오빠가 가끔 신사를 다녀간 이유가 언니에게 기요코의 안부를 전하기 위해서였다는 사실이 가슴 저릿하게 파고들었다.

언니의 품속에 안기자 상처에서 스며 나오는 역한 냄새가 코끝을 찔렀다. 언니가 겪었을 고통을 가늠조차 할 수 없었다. 형무소의 담장 안쪽에서 언니가 지독한 시간을 버티는 줄도 모르고 기요코가 그 담장을 지나 도착한 곳은 바로 궁사 나리의 앞이었다. 그에게 칭찬받으려 애썼고, 그런 뒤에 챙겨 온 감자 몇 알에 뿌듯해했다.

불현듯 소녀의 말이 다시금 떠올랐다.

"모르는 것도 죄라고!"

그 아이의 말이 맞았다. 어리석었던 기요코는 자신도 모르는 사이에 많은 죄를 저지르고 있었다. 이름 모를 사람들에게, 곁에 있는 사람들에게, 그리고 자기 자신에게도.

'난 무엇 때문에 그토록 신사를 지키려 한 걸까?'

아버지를 구렁텅이에 빠트리고 언니를 지옥으로 내몬 것도 모자라 그걸 구실 삼아 기요코를 휘둘렀던 그자의 민낯에 치가 떨렸다. 그런 줄도 모르고 그의 종이 되어 신사를 목숨처럼 지키려 했던 스스로가 끔찍하도록 미웠다.

언니가 숨을 고르며 천천히 말을 이었다.

"이제 훌훌 벗어나…. 신사가 아니라… 너를 지켜."

언니의 한마디 한마디가 칼날처럼 파고들어 살갗을 벗겨내는 듯했다. 기요코는 온몸이 불에 덴 듯 아리고 진물이 배어 나오는 것만 같았다.

언니는 다시 눈을 감았다. 숨소리가 끊어질 듯 가늘게 이어졌다.

"언니, 안 돼. 정신 차려!"

기요코는 언니의 손을 붙잡은 채 몸부림쳤다. 그러다 발끝에 무언가 걸렸다. 어느 순간부터 바닥에 나뒹굴던 거울이었다. 거울을 들어 가만히 쳐다보았다. 끓어오르는 분노에 휩싸인 한 소녀가 기요코를 바라보고 있었다.

"이까짓 거울! 이까짓 천황!"

기요코는 이를 악물고 거울을 내던졌다.

외침이 또다시 메아리가 되어 기요코에게 되돌아왔다.

벽에 부딪힌 거울은 바닥에 떨어지자마자 산산이 부서졌다. 깨진 파편들이 사방으로 튀며 반짝이는 빛을 흩뿌렸다.

"하아…. 하아…."

기요코의 깊은 속내에도 균열이 일고 밑바닥에 갇혀 있던 숨이 한꺼번에 터져 나왔다. 기요코는 전율을 느끼며 온몸을 부르르 떨었다.

붉은 도리이 앞에 선 기요코가 손에 묻은 그을음을 툭툭 털어냈다. 고개를 들어 매캐한 냄새가 풍겨 오는 쪽을 바라보았다. 스스로 놓은 불이 신사 전체로 거침없이 번져 나갔다. 자신을 옭아맸던 세상이 불길 속에서 사그라드는 모습을 기요코는 한동안 지켜보며 제 눈에 꾹꾹 눌러 담았다.

"언니, 이제 가자."

기요코는 등 뒤에 힘없이 늘어진 언니를 추켜올렸다. 언니의 희미한 심장 박동 소리는 끈질기게 이어지고 있었다.

동희는 타오르는 불길을 뒤로한 채 새로운 걸음을 내디뎠다. 벗겨진 살갗 위로 날개가 돋친 듯 가벼운 걸음이었다.

비로소 맞이한 해방, 해방이었다.

작가의 말

해방의 순간은 모두 다르게 찾아왔습니다.
1945년 8월 15일, 조선은 해방을 맞이합니다. 일제의 지배에서 벗어나 새로운 세상을 이룬 날이지요. 하지만 조선에 살던 모든 이가 다 같은 해방을 맞이한 것은 아니었습니다.
아버지의 친일로 죄책감을 짊어진 선주를 비롯해, 암울한 시대에 숨죽이며 살아야 했던 청춘, 공장이며 전쟁터로 끌려간 자식들이 돌아오기만을 기다리는 부모 등 많은 이들은 해방이 된 뒤에도 여전히 과거의 어느 순간에 갇혀 있었습니다.

동희 역시 해방의 기쁨을 바로 누리지 못했습니다. 동희는 태어날 때부터 식민지 백성으로 살아온 삶이 너무도 당연했습니다. 그러다 해방이 되자, 동희가 단단히 지키고 있던 세계에 금이 가기 시작했습니다. 유일하게 기댈 수 있던 신사에 불이 붙고 신은 모욕을 당하면서요. 그래서 동희는 조선의 해방이 기쁘기보다 두렵기만 했습니다.

그러나 곧 신사가 자신을 옭아매고 있던 족쇄였음을 깨닫습니다. 모르고 있었다는 사실을 자각하고, 몰랐던 사실에 분노하면서 말이지요. 그제야 동희는 신사에서 벗어나 비로소 자기 삶의 해방을 맞이합니다.

지금 여러분을 속박하는 것은 무엇인가요? 어쩌면 그것은 익숙하고 당연하게 나를 둘러싸고 있는 것일지도 모릅니다. 언젠가 여러분도 자신만의 해방을 맞이하길 바라며 끝을 맺습니다.

혼삿날

황
다
솜

황다솜 대학에서 광고홍보학, 예술학을 공부했다. JY스토리텔링아카데미에서 청소년과 어린이를 위한 글을 쓰고 있다. 지은 책으로 《유튜브에서 찾은 경제 이야기》, 《스마트폰에서 찾은 디지털 시민 이야기》가 있다.

정아는 편지를 꼭 쥔 채 우체국 앞에 멈춰 섰다. 습한 여름 볕이 목덜미를 짓누르고, 바람 한 점 없는 공기 속엔 매미 소리만 울렸다. 골목을 오가는 사람들의 얼굴은 굳어 있었고, 상인들의 목소리도 수레 소리도 묘하게 들리지 않았다. 평소라면 북적거렸을 일본인 거리였다. 정아는 발등에 묻은 진흙을 툭툭 털며 주변을 훑었다. 일본어 간판이 줄지어 걸린 가게들, 유리창 너머로 번들거리는 햇빛. 무언가 낯설었다.

'왜 이렇게 조용하지?'

엄마가 마지막으로 다녀오라 한 읍내 심부름이었다. 정미소에 영수증을 전해 주고, 돌아오는 길엔 편지도 부치고 가게 구경도 하려 했다. 어쩌면 마지막 외출이 될지도 모른다는 생각에 들떠 있던 마음과는 달리, 사거리는 이상하리만치 정적에 잠겨 있었다.

손에 쥔 봉투를 다시 만지작거렸다. 모서리는 습기에 눅눅했고, 번진 이름 석 자가 흐릿했다.

툭—

누군가 어깨를 치고 지나가는 바람에 정아는 그대로 주저앉고 말았다.

"저기요!"

뒤도 돌아보지 않은 민머리 남자아이는 골목 너머로 이미 사라졌다. 정아는 흙이 묻은 편지를 얼른 주워 들고, 입을 삐죽였다.

"뭐야, 진짜."

조금 전까지 정돈해 둔 치맛단은 구겨지고, 손끝엔 먼지가 묻었다. 다시 옷매무새를 고치던 순간 골목 끝에서 버스 소리가 들렸다.

우체국 앞에 버스 한 대가 멈춰 섰다. 검은 교복을 입은 학생들이 쏟아져 나왔고, 정아는 그 무리 속에서 호수를 찾아냈다.

'오빠다.'

반듯한 옷깃, 익숙한 옆모습, 빛나는 눈동자. 기대하지 않기로 했지만, 마음 깊은 곳에 숨겨 둔 바람은 여전히 살아 있었나 보다. 어쩌면 오늘 마주칠지도 모른다는.

"오, 오빠!"

정아는 손을 높이 들어 호수를 불렀다. 하지만 호수는 정아를 보지 못한 채 주위를 두리번거리더니, 건너편 골목으로 걸어갔다. 입술을 꾹 다문 정아는 편지를 주머니에 밀어 넣고 조심스레 호수의 뒤를 따랐다.

  길을 건너며 오빠의 뒷모습을 놓치지 않으려 애썼다. 하지만 그 골목은 익숙하면서도 낯설었다. 평소라면 한 발 들이기조차 망설였을 일본인 거주 구역. 하지만 지금은 망설일 틈이 없었다. 정아는 오빠가 사라진 방향으로 천천히 발을 들였다. 좁은 골목으로 들어서자, 일본식 목조 건물들이 반듯하게 늘어서 있었다. 닦은 지 얼마 안 된 유리창은 매끈하게 윤이 났고, 낮은 처마 아래 줄 맞춰 걸린 풍경들이 바람결에 잠깐씩 흔들렸다. 걸음을 옮길수록 주위는 점점 조용해졌다. 정아는 어느 순간 천천히 걸음을 늦추었다. 그 순간, 마루 앞에 무릎을 꿇은 일본인 여인이 눈에 들어왔다. 그녀는 고개를 푹 숙인 채 입을 감싼 손가락 사이로 울음을 참고 있었고, 그 옆엔 검은 정장을 입은 노인이 고개를 떨군 채 서 있었다. 어디서인가 흐느끼는 소리가 낮게 이어졌다. 다른 골목 어귀, 창문 너머에서도 낮은 한숨과 흐느낌이 새어 나왔다. 어디서도 웃음소리는 들리지 않았다. 모두가 조용히 무언가를 감추거나 지우려는 듯했다.

  '무슨 일일까?'

  정아는 다시 주위를 둘러보았다. 바삐 움직이는 사람들도 있었고, 깊은 슬픔에 잠긴 얼굴들도 있었다. 말로 설명할 수 없는 낯선 기운이 골목 가득 맴돌았다. 분명 익숙한 곳인데, 어쩐지 다른 세상 같았다.

걸음을 멈춘 정아는 한참이나 그 자리에 서 있었다. 방금까지 오빠의 뒷모습을 따라왔는데, 이제는 그 흔적조차 보이지 않았다. 무작정 이곳까지 와 버린 자신이 조금 우습게 느껴졌다. 허탈한 숨을 내쉰 정아는 주머니에 넣어 두었던 편지를 꺼냈다. 구겨진 편지 모서리가 손바닥에 눅진하게 닿았다. 차마 부치지 못한 채 들고만 있던 편지였다. 오늘은 꼭 부쳐야 할 것 같은데, 결국 이곳까지 들고나온 이유가 무엇이었는지도 흐릿해졌다. 하지만 막상 편지를 다시 꺼내니, 괜히 들고 나온 게 아닐까 싶었다. 그래도 다시 펴 보지 않을 수 없었다.

선영아. 나 정아야. 어떻게 지내니?
답이 없어 걱정이 되어 자꾸 우편함을 본다.
아짐, 아재도 잘 지내시고 나 또한 잘 지내고 있다. 보고 싶어.
혹 거처를 옮기거든 꼭 바뀐 주소라도 알려주길 바라.

정아는 편지를 한참 바라보다가, 다시 주머니에 넣었다. 버스 정류장 앞에 멍하니 서서, 자갈길을 툭툭 차며 지나가는 버스를 바라봤다. 갈 곳이 없는데도 서 있는 자신이, 답장 없는 편지처럼 느껴졌다.

'일주일만 지나면, 여기서 오빠를 마주치길 바라지도, 선영의 편지를 기다리지도 않겠지.'

그렇게 생각하니 마음이 더 무거워졌다. 이곳에서 선영과 헤어진 정아는, 매주 편지를 썼다. 선영은 반년 전, 간호원 모집 공고를 보고 집을 떠났다. 중학교만은 마치고 싶다며 아버지를 설득했던 아이. 하지만 끼니 걱정까지 해야 하는 집안 형편에 결국 짐을 쌌다. 몇 년만 고생하고, 다시 학교에 가자고 웃던 얼굴이 또렷하게 떠올랐다.

그날, 우리는 손을 맞잡고 약속했다. 다시 교복을 입자고, 함께 공부하자고.

하지만 정아가 보내는 편지에 선영은 아무런 답을 하지 않았다. 반송도 없었다. 그러는 사이, 정아에게도 일이 벌어졌다. 또래 아이들이 하나둘 떠나는 사이, 아버지가 두 살 위 김 선생님 댁 아들과의 혼사를 급히 정해 왔다. 얼굴도 이름도 모르는 사람과 이번 주말에 결혼하게 된 것이다. 궁금한 선영의 소식 그리고 전하지 못한 소식이 머릿속을 맴돌았다. 정아는 천천히 걸음을 늦췄다. 길게 늘어진 그림자를 바라보며, 마음 한가운데까지 조여 오는 듯한 답답함을 느꼈다. 긴 숨을 들이쉬고 천천히 내쉬었다. 생각해 보면, 따라가 본다 한들 바뀌는 건 없을 것 같았다. 정아는 고개를 들었다. 햇빛이 강하게 쏟아졌다.

정아는 이마에 맺힌 땀방울을 손등으로 훔쳤다. 뜨겁게 달궈진 떡판 위에서 포슬포슬 익은 기정떡(증편)이 김을 뿜었다. 아침 햇살이 스며든 마당 안은 한결 밝았고, 떡판 위의 하얀 떡들은 제법 먹음직스러워 보였다. 엄마가 흐뭇한 얼굴로 말했다.

"그래도 여름엔 기정떡이 최고지. 네 혼삿날에도 이렇게 쪄서 손님상에 낼 거야."

정아는 새벽부터 부지런히 손을 놀렸지만, 또다시 결혼 이야기가 나오자 답답한 숨이 절로 새어 나왔다. 어젯밤 늦게 들어와 한소리 들은 마음을 풀고 싶어 먼저 떡판에 손을 댄 자신이었다. 그런데도 엄마 입에서 '혼삿날'이란 말이 나올 때마다, 무언가 마음에 무겁게 얹히는 느낌이었다.

"그렇게 시집보내고 싶어? 나 없으면 이 무거운 떡판, 누구랑 뒤집으려고 그래?"

정아는 양손으로 떡판 손잡이를 잡고 엄마를 바라봤다. 억지웃음이긴 했지만, 그 순간만큼은 둘 다 웃고 있었다. 하지만 떡판을 함께 뒤집으며, 두 사람의 입꼬리도 이내 내려앉았다.

마음 한편이 계속 쿡쿡 찔렸다. 정아는 자신만 어딘가로 끌려가고 있다는 기분을 떨칠 수 없었다. 주변은 그대로인데, 왜 나만 이리도 달라져야 하나. 마음속에 삼켜 둔 말들이 목구멍 근처를 서성였다. 떡 냄새는 여전히 구수했지만, 마음은 눅눅하게 가라앉았다.

그때, 마당 너머에서 갑자기 소란스러운 소리가 들려왔다. 잠잠하던 골목이 금세 웅성임으로 채워졌다.

"와! 만세! 일본이 항복했단 말이여!"

누군가의 고함이 허공을 뚫고 퍼져나갔다. 젊은 남자들이 상기된 얼굴로 골목을 내달렸고, 가게에서 뛰쳐나온 이웃들이 뒤를 따랐다. 발소리, 고함, 웃음소리, 그리고 들썩이는 어깨들. 공기가 출렁이며 마당 안까지 밀려들었다.

정아는 떡 주걱을 내려놓고 마당 끝으로 다가섰다. 찬물 같은 감정이 등에 혹 끼쳤다. 무엇이 어떻게 된 건지, 아직은 온전히 믿기지 않았지만, 그 외침만은 생생했다.

'진짜일까. 정말, 그날이 온 걸까.'

골목 끝에서 성주 아재가 숨을 몰아쉬며 달려오는 모습이 눈에 들어왔다. 정아는 급히 뛰어나가 그의 소맷자락을 붙들었다.

"아재! 진짜예요? 일본이 진 거 맞아요?"

아재는 얼굴이 벌겋게 상기된 채 정아의 손을 꼭 잡고 말했다.

"라디오에서 나왔어! 일본놈들이 항복했대! 이제 우리도 자유여, 자유!"

그 말이 끝나기도 전에 그는 다시 사람들 사이로 사라졌다. 정아는 아버지가 문득 걱정되었다. 이 소식을 들었을까, 어디에 계신 걸까? 정아는 뒤따라 나온 엄마를 돌아보며 말했다.

"엄마, 나가서 좀 보고 올게. 일본이 항복했다잖아!"

엄마는 망설이는 눈빛으로 정아의 손목을 붙잡았다.

"위험하니까, 골목 밖으론 나가지 말고 소식만 듣고 얼른 들어와."

정아는 고개를 끄덕이고 골목 쪽으로 발걸음을 옮겼다. 등 뒤에서 다시 한번 힘찬 만세 소리가 터져 나왔다.

"만세! 대한 독립 만세!"

그 소리에 가슴이 벅차오르는 듯했지만, 여전히 얼떨떨했다. 정아는 발걸음을 멈추지 않고 그대로 영산포 방향으로 걸음을 옮겼다. 마음 한구석이 들떴고, 무엇이라도 보고 싶었다. 기차역 주변까지는 평소보다 훨씬 조용했지만, 한참을 걷다 보니 분위기가 조금씩 달라지고 있었다.

영산포 일본인 거주 구역에 다다르자, 그제야 낯선 긴장감이 와닿았다. 침묵이 감돌았고, 닫힌 가게 앞에는 바삐 짐을 싸는 손길이 이어졌다. 누구는 문을 걸어 잠그고, 누구는 천을 꿰매듯 포대 자루를 묶었다. 골목 끝에선 가족 단위로 가방을 챙겨 끌고 나오는 모습도 보였다. 어떤 이들은 문 앞에 작은 제단을 차려 놓고 절을 하고 있었다. 그들의 얼굴은 창백했고, 발걸음엔 망설임이 묻어 있었다.

'정말 끝난 걸까.'

낯선 적막과 얼굴들 사이에 오래 머무는 것이 불편하게 느껴졌다. 정아는 조용히 발길을 돌렸다. 마을 쪽으로 향하는 길로 들어서자 가슴이 두근거려 숨을 고르게 내쉬었다.

집 앞 마루에 다다르니, 아버지가 조용히 앉아 있었다. 정아는 말없이 다가가 곁에 섰다.

"아부지, 진짜예요? 정말 일본이 항복한 거예요?"

항상 조심스레 이야기하던 일본 이야기를 큰소리로 물을 수 있다는 게 이상했다. 아버지는 웃는 것도 우는 것도 아닌 복잡한 얼굴로 고개를 끄덕였다.

그 옆에서 엄마가 긴 숨을 쉬며 종이 한 장을 정아에게 내밀었다. 손끝이 살짝 떨리는 듯했다. 정아는 얼떨떨한 표정으로 그것을 받아 들었다.

혼인 취소

급하게 휘갈긴 듯한 글씨가 하얀 종이 위에 어지럽게 적혀 있었다. 봉투 속에는 집안 사정으로 혼례를 치를 수 없게 됐다는 짧은 설명과 함께, 마지막엔 미안하다는 말이 덧붙어 있었다.

아버지는 정아가 일어나기 전, 편지를 놓고 간 사람을 찾으러 다녀오신 모양이었다. 어쩌면 아침부터 감돌던 긴장된 공기의 정체는 이것이었는지도 모른다. 정아는 멍한 눈빛으로 아버지와 엄마를 번갈아 바라보았다. 해방이 왔다고 세상이 떠들썩한 오늘, 정아에게도 뜻하지 않은 해방이 찾아온 걸까?

엄마는 소매 끝을 조용히 만지작거리며 창밖을 바라봤다. 깊은 한숨이 낮게 새어 나왔다.

"사람들이 뭐라 그럴지 모르겠다. 소박맞은 애라고 뒷담은 안

해야 할 텐데."

걱정되는 듯한 그 말에 정아는 아무 말도 하지 않았다. 엄마의 시선이 멀리 골목 어귀를 맴도는 동안, 방 안엔 말 없는 숨소리만이 맴돌았다.

정아는 말없이 일어나 문을 열고 마루 끝에 걸터앉았다. 특별한 것 없는 저녁 풍경인데도, 오늘은 무언가 다르게 느껴졌다. 골목길을 따라 퍼지는 밥 짓는 냄새가 저녁 공기를 채웠다. 익숙한 일상이 그대로 흐르고 있었지만, 하루 사이 너무 많은 소식이 스쳐 지나갔다. 나라가 해방되었다는 기쁜 소식, 그리고 혼인이 취소되었다는 낯선 통보. 쉽게 웃을 수도, 그렇다고 눈물부터 날 일도 아닌, 마음이 어정쩡하게 가라앉았다.

조용했던 저녁상이 치워지고, 마루에 앉은 아버지가 입을 열었다.
"내일은 이웃들한테도 소식을 전해야 쓰겄다."
그 말이 귓가에 오래 남았다.
'정말 나라를 되찾은 걸까. 혼인도 이제 없어진 거고.'
기다렸던 변화였지만, 그 끝에 남은 마음은 단순하지 않았다. 묶여 있던 끈이 어느새 풀린 듯했다. 답답함이 사라졌는데도, 어쩐지 마음 한편이 허전했다.

정아는 자꾸만 자리를 뜬 아버지 쪽으로 시선을 돌렸다. 그러고는 창고로 들어가는 아버지의 뒷모습이 사라지는 걸 확인한 뒤, 가만히 일어나 가게 문을 열었다.

바깥으로 나오자 저녁 바람이 뺨을 스쳤다. 늘 불던 바람인데, 오늘은 어쩐지 낯설게 느껴졌다. 집 안의 무거운 공기를 벗어나자, 발밑이 한결 가벼워졌다. 짓눌렸던 마음이 조금씩 풀려나가는 듯했다.

'어쩌면 선영이가 돌아올지도 몰라. 이제 학교도 다시 다닐 수 있을 거고, 호수 오빠에게 말을 걸어도 괜찮겠지.'

그동안 가슴 깊이 눌러두었던 생각들이 불쑥 떠올랐다. 확신은 없었지만, 막연한 기대가 마음을 일렁이게 했다. 숨을 크게 들이쉬었다가 내쉬자, 바람을 타고 흩어지는 감정들이 조금은 정리되는 것 같았다.

그때였다. 익숙한 얼굴이 눈앞을 빠르게 스쳐 지나갔다. 호수 오빠였다. 정아의 가슴이 쿵 하고 뛰었다. 머리보다 몸이 먼저 움직였다.

"오빠, 호수 오빠!"

그는 뒤돌아보지 않았다. 상기된 얼굴로 말없이 골목 안쪽으로 걸음을 재촉했다. 그 걸음에는 분명 조급함이 묻어 있었다. 정아는 놓치지 않으려 더 빠르게 달렸다.

멀지 않은 곳에서 욕설과 고함이 뒤섞여 들려왔다. 횃불을 든 청년들의 그림자가 골목 벽에 길게 흔들렸다. 축제처럼 들떴던 하루의 끝자락이 낯선 기운으로 뒤바뀌고 있었다.

"김석태! 일본에 애들까지 팔아먹은 놈, 그놈 자식도 반드시 찾아내야지!"

"김석태!"

낯선 이름이 퍼지며, 분노에 찬 무리가 점점 가까워지고 있었다. 호수의 얼굴은 상기돼 있었고, 눈동자는 갈피를 잡지 못한 채 흔들렸다. 가방끈을 움켜쥔 손은 미세하게 떨렸다. 그는 말없이 그 자리에 얼어붙은 듯 서 있었다. 그 순간, 정아가 호수 곁으로 다가가 팔을 붙잡았다.

"오빠, 일단 저랑 숨어요."

정아는 말을 채 끝내기도 전에, 호수를 끌고 담벼락 옆으로 몸을 숨겼다.

호수의 숨결도 정아처럼 거칠었다. 어둠 속, 두 사람은 나란히 숨을 죽였다. 정아를 바라본 호수의 눈빛이 잠시 머뭇거렸다. 정아는 그의 손을 잡아끌며 골목 안쪽으로 몸을 숨겼다. 가로등 아래 붉은 불빛이 길게 늘어져 있었다. 벽에 기대선 두 사람의 숨소리만 들리는 듯했고, 정아의 심장은 귀를 막은 듯 쿵쿵 뛰었다.

호수는 말없이 모자를 벗어 가방에 넣고, 이름표가 달린 재킷을 벗어 손에 쥐었다. 얼굴엔 긴장과 피로가 동시에 어렸다. 한참을 그렇게 숨죽이고 있다가, 둘은 말없이 골목을 걷기 시작했다. 무슨 일이 있었는지, 왜 쫓기고 있는 건지, 묻고 싶은 말이 많았지만 지금은 침묵이 더 자연스러웠다. 말보다 조용한 걸음이 서로의 생각을 대신하는 듯했다.

정아는 걷는 내내 마음 한편이 묘하게 저릿했다. 기억 속의 호수 오빠는 여전히 또렷했다.

보통학교 시절, 늘 도서실에서 자주 마주치곤 했던 오빠였다. 책 한 권을 동시에 집어 들며 손끝이 닿았을 때, 가슴이 콩닥콩닥 뛰곤 했다.

"그 책 다 읽었어?"

호수는 항상 어색한 미소를 머금은 얼굴로 다가와 말을 건넸다.

"네, 재미있더라고요."

가벼운 대화였지만, 그 짧은 말들이 오래 남았다. 운동장에서 친구들과 떠들다 오빠의 모습이 스치기만 해도 정아의 얼굴은 달아올랐다. 호수가 웃을 때, 그 미소 하나로도 충분했다. 하지만 그 시절은 오래가지 않았다. 호수가 졸업하고 학교를 떠난 뒤, 그 감정도 자연스레 흐릿해졌다.

그러나 지금, 이렇게 같은 속도로 걷고 있는 이 순간, 묻혀 있던 감정이 다시 떠오르는 게 느껴졌다. 어느새 둘은 익숙한 길목에 다다랐다. 호수가 사는 집 근처였다.

조심스레 정아의 손을 놓은 호수는 잠시 멈춰 섰고, 정아의 시선이 문패로 향했다.

중앙중 김석태

골목길에서부터 들려오던 그 이름, 생각해 보니 익숙했다. 무심결에 정아의 입에서 말이 새어 나왔다.

"오빠가 김석태 선생님 아들이에요?"

호수의 눈빛이 잠시 흔들렸다. 그는 작게 고개를 끄덕이며 말했다.

"응. 너도 알고 있는 줄 알았어."

정아는 숨을 들이켰다. 당황스러움과 억울함이 뒤섞여 올라왔다. 아버지가 혼처를 잡아 왔다며 말하던 중앙중 김 선생님 댁. 학교에는 얼씬도 하지 말고 결혼부터 해야 한다고 재촉하는 아버지 때문에 선생님이라는 그분도, 그분의 아들도 알지 못할 것이라 여겼다. 사실은 알고 싶지도 않았다. 정해진 그날이 오지 않기만 바랐을 뿐이다.

"정말 몰랐어요. 그런 줄도 모르고…"

집 안에서 인기척이 났다. 곧 문이 열리고 낯선 중년 남자가 얼굴을 내밀었다. 조심스레 둘을 살피던 그는 곧 호수를 알아보고 다가왔다.

"호수여?"

낮게 부르는 목소리에 호수는 안도한 듯 대답했다.

"아, 아재."

"아버지가 너 보거든, 내일 아침 일찍 영산포로 오라고 전하셨다. 어떻게든 숨어 있다가 나와. 상황이 이렇게 돼도, 살아야 하니

께."

 그 말만 남긴 채 아저씨는 황급히 골목 너머로 사라졌다. 그제야 정아는 불안해져서 호수의 소매를 꼭 붙잡았다.
 "왜 도망가야 해요? 오빠. 무슨 일이에요?"
 호수는 한동안 말이 없었다. 숨을 가다듬고, 어렵게 말을 꺼냈다.
 "우리 집이 일본을 도왔어."
 정아는 멍하니 서 있었다. 누구도 쉽게 말할 수 없는 사정, 피할 수 없는 현실. 아버지가 일본 상인들과 거래하던 모습이 어렴풋이 떠올랐다. 누구 하나 떳떳할 수 없는 때라는 걸 알면서도, 마음 한편은 착잡했다. 하지만 눈앞의 오빠는, 그저 숨을 죽이며 떨고 있을 뿐이었다.
 그때, 골목 끝에서 다시 격한 고함과 욕설이 들려왔다. 성난 무리가 다시 골목 안으로 밀려들고 있었다. 정아는 반사적으로 호수의 팔을 낚아챘다.
 "오빠, 우리 집으로 가요. 우리 집에 숨어요."
 호수는 대답 대신 정아의 손을 꼭 잡았다. 두 사람은 어두운 골목을 따라 말없이 걸었다. 붉게 퍼진 가로등 아래, 손끝에서만 따스한 온기가 조용히 흔들리고 있었다.
 둘은 다시 어둠 속으로 발걸음을 옮겼다. 가게 옆 작은 창고 문을 조심스레 열자 삐걱대는 빗장 소리와 함께 눅눅하고 무거운 여름 공기가 밀려들었다. 정아는 고개를 숙인 호수를 창고 안으로 이

끌었다. 온종일 뒤엉켜 있던 시간처럼 정아의 마음도 종잡을 수 없이 흐트러져 있었다. 창고 안에선 두 사람의 숨소리만이 어둠 속에 퍼지고, 외부의 소음은 마치 아득한 세상처럼 멀게만 느껴졌다.

작은 창으로 들어오는 달빛이 호수의 얼굴을 희미하게 밝혔다. 초점 잃은 눈동자와 굳게 다문 입술, 슬픔을 감추려는 표정이 정아의 눈에 또렷하게 들어왔다. 함께 학교에 다니며 같은 버스를 타는 상상, 복도에서 스치듯 인사하는 평범한 일상이 얼마나 간절했는지 정아는 새삼 떠올렸다.

정아는 다시 고개를 돌렸다. 그제야 호수의 뺨을 따라 눈물이 흘러내리는 것이 보였다. 말없이 울고 있는 호수의 어깨가 작게 떨렸다. 정아는 소매 끝으로 그의 눈물을 닦았다. 그러고는 자신도 모르게 입을 열었다.

"오빠, 우리 집에서 살아요. 그러면 안 돼요?"

무모한 말이라는 걸 알면서도 멈출 수 없었다. 이 순간만큼은 오빠를 지켜 주고 싶다는 마음이 앞섰다. 호수는 정아를 바라보며 한마디만을 남겼다.

"미안해."

짧은 그 말 속에 담긴 모든 복잡한 감정이 정아의 가슴을 찔렀다. 정아는 숨을 크게 들이쉬고, 애써 담담한 표정으로 말했다.

"요깃거리 좀 챙겨 올게요."

창고 문을 닫고 밖으로 나선 정아의 뺨 위로, 아직 식지 않은 눈물이 흘러내렸다. 바람은 선선했지만, 마음속에는 여전히 잔열이 남아 있었다.

골목길 한쪽에 몸을 기대어 잠시 숨을 골랐다. 가게에서 새어 나온 불빛과 거리의 소음들이 다시금 정아를 현실로 데려왔다. 그때, 시야 한쪽에서 익숙한 얼굴이 스쳐 지나갔다. 선영의 큰오빠였다. 정아는 무심코 그의 팔을 붙잡았다. 횃불을 든 무리의 앞장에 선 그는, 무언가에 사로잡힌 듯 단단하게 굳은 표정을 하고 있었다.

"오빠 왜 여기에 있어요? 아무리 세상이 바뀌어도 이렇게까지 위험하게."

그가 정아를 돌아보며 낮게 말했다.

"뭐? 지금 우리가 폭도처럼 보이냐."

바로 그 순간, 무리 속에서 또 다른 익숙한 얼굴들이 보였다. 해상 삼촌, 먼 친척인 철이 오빠도 함께였다.

정아는 다시 물었다.

"그럼 도대체 왜 이렇게 다니는 거예요?"

"선생이랍시고 아이들 팔아먹은 놈들이라잖아. 간호원 모집? 전부 거짓말이었어. 내 동생 돌려내라고!"

사방에서 분노 섞인 외침이 터져 나왔다. 단단히 억눌려 있던 감정들이 거칠게 튀어나왔다. 정아는 그 자리에 주저앉고 말았다. 정아는 침묵 속에서 골목을 바라보았다.

호수가 말한 "일본을 도왔다"라는 말의 의미가 이제야 실감 났다. 사람들의 분노가, 상실이, 누군가에겐 그 자체로 살아 있는 고통이라는 걸. 선영의 오빠 얼굴에 서린 분노, 해상 아저씨의 쩔쩔매는 눈빛, 아이를 잃은 가족들의 외침이 정아의 가슴을 서서히 죄었다.

"선영이."

작은 속삭임처럼 흘러나온 이름 하나. 교복을 다시 입고 싶다던 아이, 시를 나누며 웃던 친구, 먼지 낀 책상 앞에 같이 앉던 그날의 모습들이 떠올랐다.

정아는 골목 끝을 바라보았다. 분노와 절망이 소용돌이치는 거리와 숨죽여 숨어 있는 창고 속 호수의 모습이 겹쳤다. 말로 할 수 없는 마음이 천천히 차올랐다.

정아는 무릎을 꿇은 채 한참이나 그 자리에 앉아 있었다. 시간이 얼마나 흘렀는지 가늠조차 되지 않았다. 머릿속은 복잡했고, 생각은 하나로 모이지 않았다. 분명 혼자인데, 무수히 많은 감정과 얼굴들이 정아의 주위를 맴도는 듯했다.

멀리서 닭 우는 소리가 들려왔다. 밤의 기운은 서서히 걷히고, 하늘엔 희끄무레한 빛이 스며들었다. 이웃 가게의 문 여는 소리, 마당을 쓸어내는 빗자루 소리가 새벽 공기와 섞였다. 평소엔 지나쳤던 장면들이 오늘은 또렷하게 들어왔다.

정아는 흙먼지가 묻은 치맛단을 털 생각도 하지 못한 채 천천히 일어났다. 발끝에 힘을 주는 일이 쉽진 않았지만, 몸이 이끄는 대로 해 뜨는 쪽을 향해 걸음을 옮겼다.

바람이 옷깃을 가볍게 스쳤다. 골목을 따라 걷다 보니, 마당을 정리하는 이웃, 쌀 포대를 나르는 상인, 새벽을 여는 사람들의 얼굴이 하나둘 눈에 들어왔다. 각자의 이유로 움직이는 풍경. 모두가 저마다의 하루를 시작하고 있었다.

그제야 정아는 천천히 깨달았다. 억울하다고 여겼던 시간, 자신만 멈춰 선 듯했던 순간들이 실은 누구에게나 있었을지도 모른다는 걸. 골목을 걸으며 마주친 그 얼굴들에도 말 못 할 마음들이 담겨 있었을 것이다. 어쩌면 다들, 그렇게 살아내고 있었던 것이다.

발은 어느새 뒷산을 향하고 있었다. 자갈이 바스락거리는 소리와 함께 산길이 이어졌다. 산을 오르는 사람들의 걸음과 표정이 눈에 들어왔다. 말없이 숨을 고르는 이도 있었고, 주먹을 불끈 쥔 채 묵묵히 걷는 이도 있었다. 모두의 얼굴에 각자의 이야기가 얹혀 있었다.

산등성이에 닿자, 동쪽 하늘이 붉게 물들며 해가 떠올랐다. 따스한 햇살이 어깨에 내려앉았다. 정아는 바위에 앉아 눈을 찌푸렸다. 그 빛 아래에서 생각들을 하나씩 꺼내어 정리해 나갔다.

'오빠는….'

정아는 이른 새벽 창고 문을 열었을 때의 기억을 떠올렸다. 호수는 아무 말 없이 떠나 있었다. 정아는 텅 빈 창고 안에서, 자신도 모르게 안도의 숨을 내쉰 순간을 떠올렸다.

'왜 그랬을까?'

지켜 주고 싶다고 말했던 자신이었지만, 그의 부재를 확인하고 마음 한구석이 가벼워진 것도 사실이었다. 함께하기엔 너무도 다른 길을 가야 했다는 걸, 이미 알고 있었을지도 몰랐다.

정아는 자리에서 일어났다. 여전히 무겁고 흐트러진 마음이었지만, 천천히 집으로 향했다. 골목 어귀에 이르자, 새벽녘 창고에 두었던 요깃거리 바구니가 생각났다.

정아는 다시 창고 문을 열었다.

어두운 바닥 위에 종이 한 장이 놓여 있었다.

정아야, 이렇게 인사만 하고 가야 하는 나를 이해해 줘. 아버지가 혼처를 찾았다고 하셨을 때, 그리고 그게 너라는 사실을 알았을 때 좋았다. 버스 정류장에 기대선 너를 바라보다가 어쩌면 나를 기다리는 걸까 싶어 매일 교복 옷깃을 바로잡았단다.
하지만 며칠 전 아버지가 학교에서 간호원을 모집하고 일본에 보낸 일들이 해서는 안 되는 일이라는 것을 알았을 때, 이게 너에게도 어떤 피해를 줄지도 모른다는 사실에 무척 힘들었어. 옳지 못한 일들이 용서받을 수 있을 거라고 생각하지 않는다.
함께하면 좋았을 날들이 아쉽지만 이게 우리의 최선 같아. 고맙

고 미안해. 잘 지내, 정아

오빠다운 마지막 인사말이었다. 조심스러운 진심이 담겨 있었다.
정아는 방 안으로 돌아와 그대로 자리에 누웠다. 밤새 감정에 시달린 마음이 고요한 피로로 변해 몸을 무겁게 눌렀다.
다음 날 아침이 되자 아버지는 친척들과 이웃들에게 전보를 보냈다. 결혼이 취소되었다는 소식에 동네가 술렁였지만, 정아를 향한 눈초리는 없었다. 오히려 "잘됐네"라는 말들이 조용히 오갔다. 마치 누구나 이미 알고 있었던 결말처럼.
잠에서 깬 정아는 엄마 옆에 앉아 말없이 떡판을 닦고, 쌀가루를 반죽했다. 어쩌면 호수의 손을 맞잡았을지도 모르는 혼삿날이 소란스럽지 않게 지나고 있었다.

작가의 말

　광복이라는 역사적 순간은 많은 사람에게 기쁜 소식이었지만, 그 안에는 각자의 사연과 감정이 얽혀 있었습니다.
　정아는 학교에 다니고 싶었지만, 아버지의 뜻에 따라 결혼을 준비해야 했습니다. 아직 세상을 다 알지 못한 채 누군가의 아내가 되어야 했고, 좋아하던 오빠와도 이별해야 했습니다. 한편, 친구 선영은 간호원 모집 공고를 믿고 집을 떠났지만, 돌아오지 못했습니다. 사회의 흐름은 거대했고, 그 속에서 어린 마음은 쉽게 목소리를 낼 수 없었습니다.
　삶의 방향이 어긋나고 결혼이 취소되는 순간에도, 정아는 조금씩 성장했습니다. 오빠의 부재를 확인했을 때 느꼈던 알 수 없는 안도감은, 시간이 지나며 스스로 곱씹고 받아들여야 할 감정이었습니다. 남겨진 마음과 서로의 사정을 들여다보게 된 것이지요.

반복되는 듯한 하루 같아도, 문득 모든 것이 달라지는 날이 찾아옵니다. 좋아하는 사람이 생기면 특별해 보이고 싶고, 이별한 다음 날은 세상이 전보다 낯설게 느껴지기도 합니다. 사랑의 시작과 끝은 그렇게 사람의 시간을 조금씩 바꾸어 놓습니다.

정아는 바꿀 수 없는 현실을 마주하며 그 안에서 누군가의 처지를 이해하게 됩니다. 단지 사랑의 끝이 아니라, 상대의 마음을 알아 가는 시간이기도 했습니다.

우리는 그대로인 듯해도 매일 조금씩 바뀌고 있습니다. 사랑과 이별, 시대의 변화 속에서 서로를 이해하려는 그 마음 또한 앞으로 나아가는 한 걸음이라 믿습니다.

잃어버린 미래

강
혜
송

강혜승 30년 동안 교육 현장에 있었다. 가장 자기답게(Wonderful Child) 성장하는 주인공의 이야기를 쓰고 싶다. 다양한 주제를 재미있게 풀어내기 위해서 JY스토리텔링 아카데미에서 공부하며 글을 쓰고 있다. 지은 책으로는 《지구를 초록빛으로 만드는 우리 가족 이야기》가 있다.

운동장에 바람 한 점 없는 불볕더위가 내려앉았다.

"일등, 야마모토 아키라, 앞으로!"

전교생 앞에 선 학선은 가슴 깊은 곳에서 끓어오르는 환희를 느꼈다. 이 순간을 얼마나 기다렸던가. '야마모토 아키라'라는 이름이 정적을 뚫고 불리는 순간, 학선은 잠시 주춤거렸다. 황국의 아들이 되기 위해 죽을힘을 다했던 시간 속에 '윤학선'이라는 이름은 묻어 두어야 했다.

전교생의 시선이 자신을 뚫고 지나가고 있다는 것을 느낀 순간 학선은 정신을 차렸다. 이름이 그리 중한가. 지금 학선이 붙들어야 할 것은 '일등'이라는 두 글자뿐이다.

조선총독부 직속 고등학교 1등에게는 경성제국대학 입학 자격이 주어진다. 4년 내내 1등을 놓치지 않았다. 그 덕분에 일본 유학이라는 특전도 얻었다. 그토록 바라던 유학의 길을 얻기 위해 학선은 공부에 매진했다. 독한 조선인이라고 욕할지언정 학선의 피땀 눈물을 의심할 사람은 아무도 없었다.

유학을 위한 마지막 관문인 면접이 이틀 뒤였다. 학선은 아버지와 함께 경성에 갈 것이다. 준비는 모두 끝났다. 이제 자신이 얼마나 충성스러운 황국의 아들인지 증명하기만 하면 되는 거였다.

학선은 단상 위로 올라갔다. 빳빳하게 다린 흰 옷깃으로 자존심을 세우고 차가운 표정을 지었다. 학선의 마음을 꿰뚫는 듯 나카무라 교장의 눈이 매섭게 다가왔다. 그러다 이내 묘한 감정을 미소로 한 겹 덮은 채 학선에게 말했다.

"야마모토 아키라, 자네는 조선인임에도 실로 드문 수재였어. 일본의 위대한 교육이 낳은 성과라네. 부디 황국의 아들이라는 신분과 사명을 한순간도 잊지 말게."

나카무라 교장의 말이 끝나자 의례적인 박수 소리가 났다. 학선은 온몸을 90도로 접었다. 학선의 눈에 교장의 발이 보였고, 윤이 나는 가죽 구두 위로 아버지의 그림자가 어른거렸다. 하필이면 이 감격스러운 순간에 그때의 기억이 떠오르다니.

구두의 광처럼 강렬한 기억. 무릎을 꿇고 손에 구둣솔을 들고 있던 아버지는 다리를 절며 허리를 굽힌 채 나카무라 교장의 검은 구두를 닦고 있었다. 그런 아버지의 모습이 생생하게 되살아났다.

노비 출신인 아버지는 양반의 말을 거슬렀다는 이유로 툭 하면 곤장을 맞았다. 잦은 매질에 다리가 망가졌고, 그 때문에 제대로 된 일자리를 찾기 어려웠다. 게다가 어머니는 폐결핵으로 누워만 계셨다. 가난은 숨을 쉴 때마다 뿌연 먼지가 되어 학선을 따라다녔다. 학선에게만은 노비의 운명을 물려줄 수 없었다. 그래서 자존심을 버렸다. 아버지는 조선총독부 산하의 보통학교를 오가며 일본인 선생들의 심부름꾼 노릇을 자처했다.

지난여름 교실에서 나오다가 아버지의 모습을 발견했다. 삐쩍 마른 어깨가 불편한 다리 때문에 좌우로 흔들거렸다. 그 뒷모습을 따라간 학선은 교장실 뒷마당에 다다랐다. 무슨 일로 왔나 싶어 아버지를 부르려던 순간 교장실 문이 벌컥 열렸다. 나카무라 교장은 아버지를 향해 들개처럼 소리쳤다.

"이렇게 불쑥 찾아오지 말라고 몇 번이나 말했나. 염치없는 조센징 새끼."

그때 학선은 결심했다.

'두고 봐라. 내 다음 해 교장 앞에 최고의 학생이 되어 설 것이다.'

그렇게 학선은 나카무라 교장 앞에 서게 되었다.

대구고등보통학교 단상 한복판에 선 학선에게 경멸의 눈초리가 꽂혔다. 상관없었다. 학선은 지금 최고의 학생 '야마모토 아키라'가 되어 당당히 서 있었으니까.

수업이 끝나고 학선이 기숙사로 가는 골목에 들어섰을 때 어둠 속에서 한 무리가 나타났다.

"아키라 군. 조센징 주제에 황국의 얼굴이라니."

교복 바지에 손을 꽂은 채, 히데오가 조롱 섞인 말을 퍼부었다. 오늘만큼은 이런 시간이 없길 바랐는데 헛된 기대였다. 학선은 정중하게 말했다.

"비켜 줘."

그러자 쇼타가 학선의 어깨를 밀쳤다.

"자기가 진짜 일본인인 줄 아나? 빠가야로."

히데오의 주먹이 학선의 왼쪽 뺨으로 날아들었다. 그 바람에 학선은 벽에 부딪혀 주저앉았다.

"교장 신발 닦던 아비와 똑 닮았어. 너도 고개 잘 숙이던데?"

"그래, 선생들한테 잘 보이더니 결국 일등까지 받아 냈네."

학선은 이를 악물었다. 침묵으로 일관하는 학선 때문에 더 화가 난 히데오 무리의 발길질이 이어졌다. 바닥에 쓰러진 학선은 몸을 둥글게 웅크린 채 한참을 맞기만 했다. 입술이 터지고 피 맛이 입 안으로 퍼졌다.

"지독한 조센징 같으니라고. 그만 가자. 애들아. 퉤!"

히데오 무리 중 누군가가 학선에게 침을 뱉었다. 발소리가 멀어지자, 학선은 조용히 몸을 일으켰다. 학선은 먼지가 잔뜩 묻은 교복을 살폈다. 내일 면접을 위해 입고 가야 할 교복이었다.

학선은 교복을 손질하기 위해 재빨리 일어나 기숙사로 향했다. 방으로 들어가자마자 웃옷을 벗었다. 교복 재킷에 묻은 흙을 털어 냈다. 수건에 물을 적셔 더럽혀진 자국을 몇 번이고 닦았다. 다리미를 꺼내 구겨진 부분을 꾹꾹 눌러 다렸다.

'후유, 이 정도인 게 다행이야.'

그제야 거울에 자기 모습을 비춰 보았다. 몸을 동그랗게 말아 상처가 나지 않도록 한 덕분에 얼굴은 멀쩡했다. 이 정도 찢어진 입술은 내일이면 낫는다. 입안의 부기는 냉찜질로 가라앉을 것이었다. 수십 번도 넘게 맞아 본 학선에게 오늘 정도는 약과였다. 문득 히데오의 손맛이 평소보다 덜 매웠다고 생각하다가 어이가 없어 웃음이 났다.

'잊자. 난 곧 가니까.'

학선은 의자에 걸터앉았다.

'모든 고통을 여기 남겨 두겠다. 그러나 내가 받았던 조롱과 수모는 가슴에 새기겠다. 누가 뭐라고 해도 난 대구고등보통학교 일등 야마모토 아키라다.'

*

일찍 잠에서 깬 학선은 창문을 활짝 열었다. 새벽에 내린 가랑비로 공기가 상쾌했다. 학선은 숨을 크게 몰아쉬었다.

"후유, 좋은 아침이다!"

학선은 혼잣말을 했다. 두들겨 맞은 곳이 욱신거렸으나, 이만하길 다행이었다. 학선은 떠날 채비를 했다. 오늘 아버지와 경성에 가는 기차를 타야 한다. 설레는 마음을 최대한 가라앉히고 침착해지려고 애썼다. 오전에 학교 직인이 찍힌 서류를 담임 선생님에게 받으면 된다. 면접문답은 이미 달달 외웠다.

마지막으로 점검하기 위해 자습실로 갈 생각이었다. 자습실 열쇠를 받으려고 1층 사감실로 갔다. 어쩐 일인지 늘 신문을 펴 들고 거만하게 앉아 입구를 지키던 사감의 모습이 보이지 않았다. 하는 수 없이 관리동으로 향했다. 열쇠는 관리동 아저씨에게 받으면 되었다. 그런데 마침 출근해서 교무실로 들어가는 겐타로 선생님의 모습이 보였다.

'어쩐 일로 이렇게 일찍 나오셨지? 무슨 일이 있는 건가?'

그러고 보니 전날 밤 분위기도 이상했다. 기숙사 점호(인원 확인) 시간이 한참 지났는데도 아무 소리가 들리지 않았다. 학선이 사감을 부르기 위해 나갔을 때, 2층 복도 계단 끝에 선생님들이 모여 있었다. 숙덕대며 무언가를 말하고 있는 그들의 표정이 심상치 않았다. 차마 다가가지 못하고 있는데 담배를 피우다가 학선과 눈이 마주친 한 사감이 버럭 고함을 질렀다.

"아키라, 왜 여기서 기웃거리는 거냐?"

"그게…, 소등 시간이 한참 지났는데 오시지 않아 무슨 일인가

하고….”
사감은 그제야 벽시계를 확인하더니 다시 신경질적으로 쏘아붙였다.
"무슨 일이 있기를 바라는 거냐? 너, 뭐 들은 거 아니지?"
사감이 왜 그렇게 예민한지 학선은 이해할 수가 없었다.
어제의 이상한 조짐을 뒤로하고 학선은 교무실로 들어갔다.
교무실의 미닫이문을 열고 학선이 들어서자 묘한 기운이 감돌았다. 일본인 선생들은 책상 위 물건을 가방에 넣다가 학선을 보자 짜증스럽다는 듯이 인상을 구겼다. 학선은 따가운 시선을 지나 곧장 담임에게 향했다.
"겐타로 선생님, 안녕하세요?"
겐타로는 지퍼 달린 커다란 가방에 자신의 물건을 마구잡이로 넣고 있었다. 학선은 용건을 바로 말했다.
"황국의 충실한 신민 아키라, 경성 출발에 앞서 서류를 받으러 왔습니다."
겐타로는 학선의 말을 못 들은 척했다. 학선은 겐타로의 대답을 기다리며 서 있었다. 학선의 모습에 화가 난 겐타로는 책상 위 서류를 말아 올리더니 탁자를 세게 내리쳤다.
"그런 서류니, 뭐니 하는 것은 내게 묻지 마라. 나는 더 이상 그런 걸 처리할 수 없다."
깜짝 놀란 학선이 물었다.

"무슨 말씀인지요?"

"말귀를 못 알아듣나! 너희 조선인 아이들은 곧, 새 선생을 만나게 될…."

"그만, 입 다물게. 겐타로."

그 순간 교감이 짧게 손짓했다. 겐타로는 입을 꾹 다물었고 교감이 학선에게 한마디를 했다.

"나카무라 교장 선생님만이 서류를 줄 수 있다. 지금은 대기해라. 아키라."

학선은 어쩔 수 없이 교무실에서 나와야 했다. 겐타로가 한 말이 자꾸 마음에 걸렸다.

'새 선생님…, 이라고 말했어.'

학선은 머릿속에서 맴도는 생각에 휩싸여 자습실에 가려던 것도 잊어버리고 교실로 올라갔다. 어수선한 마음을 떨치려 면접문을 책상에 올려놓았다. 그리고 첫 문장을 찬찬히 읽었다.

"황국의 충실한 신민으로서 경성제국대학에 입학할…."

그때였다. 쇼타가 뛰어 들어왔다.

"야, 야! 조선이 해방되었대. 일본이 항복했대."

"뭐? 헛소리 마."

히데요가 소리치자, 쇼타가 말을 이었다.

"진짜야. 우리 삼촌이 신문사 앞에 있는데 천황이 곧 항복을 발표한대."

"전쟁이 끝나기라도 했다는 거야?"

그제야 일본인 아이들은 그간 있었던 이상한 징후에 관해서 말하기 시작했다. 자기 집은 며칠 전부터 짐 정리를 했다는 말, 술 취한 아버지가 들어와 곧 일본으로 간다고 했다는 말, 일본인 선생들은 이미 짐을 뺐고 대구역 앞은 고향으로 돌아가는 군인들이 깔렸다는 말 등이었다. 진짜인지 가짜인지 확인할 수 없는 소문이 삽시간에 교실에 퍼졌다.

술렁이는 아이들 틈에서 학선의 몸은 얼어붙었다.

'해방? 항복? 그게, 어떻게….'

학선의 머리를 뚫고 지나가는 생각은 오직 한 가지였다.

'그 말이 사실이라면, 내일 면접은? 설마….'

학선이 손에 쥔 면접문 종이가 부들부들 떨렸다.

학선이 태어났을 때부터 조선은 일본제국의 식민지였다. 학선에겐 일본어가 오히려 모국어였다. 그렇다 해도 '조선인'이라는 정체성은 버릴 수 없었기에 다른 조선 사람들처럼 '해방의 꿈'을 간직했다. 그러나 그 꿈은 아무리 기다려도 오지 않았다. 조선인으로 살아가는 현실은 비참했다. 오히려 황국 신민으로 길러져 '엘리트 학생 윤학선'이 되는 것이 쉬웠다. 학선의 나라 '조선'은 숙명이었지만, 학선의 미래에는 하등 보탬이 되지 않는 것이었다. 그런데 갑자기 해방이라니!

시간이 고장 난 것처럼 더디게 흘렀다. 겐타로는 조회에 들어오지 않았고 오전 수업은 모두 자습으로 대체되었다. 학선은 점심을 먹기 전 한 번 더 교무실로 향했다.

교직원 긴급회의 중
오늘 교무실 출입 금지

평소 같지 않았다. 수업을 끝내고 온 선생님들이 들락날락할 시간인데 교무실 안은 쥐 죽은 듯 고요했다. 교무실로 통하는 앞뒤 문도 굳게 닫혀 있었다. 휘갈겨 쓴 '출입 금지'가 학선을 막아섰다. 학선은 교무실 문에 귀를 바짝 갖다 댔다. 대체 무슨 일이 벌어지고 있는지 알 수가 없었다.

학선은 몸을 돌려 운동장으로 향했다. 불안한 마음 때문에 배도 고프지 않았다. 정오를 향해 가는 한여름의 운동장은 뜨겁게 달아올랐다.

그때 운동장을 가로질러 걸어오는 아버지가 보였다. 누런빛이 도는 무명 저고리 대신 모시 저고리를 입은 아버지. 가만히 있어도 등줄기에서 땀이 흐를 만큼 후끈한 날씨를 거스르고 감색 두루마기까지 걸쳐 입은 아버지가 학선을 향해 손을 흔들었다. 아버지의 속내가 보였다. 오늘만큼은 하인의 모습을 감추고 격식을 차리고 싶었을 것이다. 면접만 끝내면 나카무라의 종으로 사는 것도 끝이라 생각했을 것이다. 곧 달라질 아들의 미래는 아버지 자신의 미래였기에 무더위도 잊었을 것이었다. 문득 그동안 학선을 위해 모든 것을 감내한 아버지의 모습이 떠올랐다.

　나카무라 교장은 남들 앞에서만 너그러운 사람이었다. 체면으로 똘똘 뭉친 교장의 이중성은 아버지와 둘이 있을 때만 드러났다. 학선을 위해서라면 뭐든 할 수 있는 아버지였고, 교장은 이것을 철저히 이용했다. 일본인 교장으로서 조선인 학생인 '윤학선'을 내치지 않는 것이 자신이 베푸는 특별한 호의라도 되는 듯, 기고만장한 태도를 숨기지 않았다. 그리고 자신의 말 한마디면 윤학선의 유학이 단번에 무산될 수 있다며 교묘하게 겁박했다. 그것은 충분히 일어날 수 있는 일이었다. 유학길에 오르는 그날까지 안심할 수 없었다. 아버지가 교장 앞에 무릎을 꿇을 수 밖에 없던 이유도 그 때문이었다. 학선은 교장이 아버지에게 한 행동을 똑똑히 지켜보았다.

　"아이고, 죽을죄를 지었습니다."

　교장은 주위에 누가 없는지 살피더니 구둣발로 아버지의 아픈 다리를 걷어찼다. 아버지는 맥없이 넘어졌다.

　"구두 닦으실 때가 된 것 같아서 미리 왔습죠. 소인 아무도 없다는 거 확인했습니다요."

　"그렇게 멍청해서 어떻게 아들을 일등으로 만들겠다는 건지. 쯧쯧."

　교장이 거칠게 아버지를 밀쳤다. 아버지는 그가 눈앞에서 사라질 때까지 내내 고개를 조아린 채로 꼼짝하지 않았다. 온몸으로 멸시를 견디느라 부르르 떨고 있는 아버지를 보니 학선의 몸도 떨려왔다. 눈물을 머금고 먼발치에서 지켜보고 있는데, 아버지와 눈이 마주쳤다. 깜짝 놀란 아버지가 자기는 괜찮으니 어서 가라며 학선을 향해 손짓했다. 학선은 끝내 아버지에게 다가가지 못했다. 그리고 누가 볼 새라 달아났다. 그날 밤 학선은 자신의 비겁함에 가슴을 치며 눈물을 삼켰다.

아버지는 뭘 그렇게 잘못했길래 '죽을죄를 지었다'는 말을 버릇처럼 하는 것일까! 조선인은 전생에 무슨 업보가 있길래 한평생 고개를 조아리며 살아야 하는가! 조선인으로 태어난 것이 죄라면 어떻게 살아가야 하는 것인가!

그렇게 오직 아들 학선을 위해 살아온 아버지였다. 아버지의 손에 들린 것은 나카무라 교장에게 전해질 것이었다. 삼베 보자기에 곱게 싼 마지막 선물을 끝으로 앞으로 펼쳐질 아들의 미래가 꽃길이 되기를 바랐다. 학선도 아버지의 고생을 멈추고 싶었다.

'아버지, 눈물 나도록 고맙습니다.'

그 순간이었다. 스피커에서 고음의 잡음이 빽 하고 울렸다. 낯선 일본어 라디오 방송이 흘러나왔다. 학선은 운동장 한가운데 서서 발걸음을 멈췄다. 그리고 소리가 나는 쪽을 향해 고개를 쳐들었다.

"지금부터 중대한 방송을 보내 드립니다. 황국의 신민들은 기립하여 주십시오."

아나운서의 목소리 뒤로 히로시 총재의 말이 이어졌다.

"천황 폐하께옵서 전 국민에게 황공하옵게도 친히 대조(임금이 내린 명령)를 선언하게 되었습니다. 지금부터 삼가 옥음(임금의 음성)을 보내 드립니다."

비장한 연주음이 흘러나왔고 뒤이어 천황의 낭독문이 들렸다.

"짐은 깊이 세계의 대세와 제국의 현상을 비추어보아 비상의 조치로 하여 시국을 수습하고자 충량한 너희 신민에게 고하노라."

천황의 육성으로 전해진 방송은 5분 정도 이어졌다. 차분한 목소리로 들리는 무게감에 학선은 숨이 막혔다.

"그들의 공동 선언(포츠담선언)을 수락한다. 사실상 제국의 자존과 동아시아의 안정을 바랐기 때문이지, 다른 나라의 주권을 침범하거나 영토를 침해하려는 뜻은 본래 내게 없었다. 그러나 전쟁을 시작한 지도 이미 4년이 되어⋯ 그 참혹함은 실로 가늠할 수 없는 지경에 이르렀다."

8월 15일 정오의 뙤약볕 아래 바람은 멈추고 그림자조차 흔들리지 않았다.

"나는 여기서 국체(천황 중심 체제)를 지켜낼 수 있고, 충성스럽고 성실한 너희의 정성에 의지하여, 언제나 너희와 함께 있을 것이다. 너희 신민들이여, 부디 짐의 뜻을 잘 헤아려 받아들여라."

방송은 그렇게 끝났다. '패전'이라는 단어는 쓰지 않았지만, 모두가 알 수 있었다.

일본은 졌다. 그리고 조선이 해방된 것이다.

학선은 라디오에서 흘러나온 마지막 말을 되뇌었다.

'짐의 뜻을 헤아려 받아… 들이라고?'

그토록 갈망하던 자유가 찾아왔지만, 원하던 것을 손에 넣었을 때의 기쁜 감정이 아니었다. 조선인으로서 짐의 뜻을 헤아려 창씨개명까지 하며 황국의 신민으로 살았는데, 이제 짐의 뜻을 헤아려 해방을 받아들이라니. 해방은 조선에 자유였지만, 학선에게는 사방이 꽉 막힌 막다른 길이었다.

옥음 방송이 끝나자 학교도 온통 술렁거렸다. 어떤 아이는 있을 수 없는 일이라며 눈을 커다랗게 떴고 다른 아이는 믿지 못하겠다는 얼굴로 고개를 세게 흔들기도 했다. 때마침 학교 담장 밖으로 트럭 여러 대가 지나갔다.

학선은 생각의 회로가 뚝 끊어진 듯 멍했다.

쉽사리 발을 떼지 못하고 있는 학선에게 아버지가 추궁하듯 물었다.

"무슨 말이냐? 뭐라고 한 거냐. 학… 선아!"

아버지가 거듭 물었다. 다급한 목소리였다.

"일본이 항복했다는 거냐? 일본이 진 거냐? 일본이!"

그제야 학선의 마음속에서 주체할 수 없는 감정이 터져 나왔다.

"좀, 가만히 좀 계세요! 제발요. 제발…."

학선은 아버지를 향해 소리쳤다. 손에 꽉 쥐고 있던 면접문이 땀에 절어 휴지 조각처럼 찢어졌다. 분노하는 학선의 모습이 아버지에겐 낯설게 비춰졌다. 학선은 남의 시선조차 신경 쓸 겨를이 없었다. 숨이 막히고, 정신이 아득해졌다. 그런 중에도 걱정되는 것은 단 하나뿐이었다.

'해방이 되었다고 면접을 못 보는 건 아니겠지? 그럴 리는 없을 거야. 그래서는 안 돼.'

*

"윤학선, 우리와 있을 때만큼은 학선으로 살 수 없어? 그렇게 일본인이 되고 싶냐?"
"야마모토 아키라, 그 이름이 조국보다 중요한 거냐?"
"학선이 너 입 모양도 왜놈 닮은 거 알아?"
"설마 네가 조선인이라는 거 까먹진 않았지?"
조선인 친구들은 학선이 무슨 말이라도 하기를 바랐다. '아니다'라고 한마디라도 했다면, 학선의 편이 되어 주려고 했다. 그러나 학선은 그 어떤 대답도 하지 않았다. 변명조차 하지 않는 학선에게 질려 버린 아이들은 점점 멀어졌.

"일본 애들을 꺾고 일등 하는 네가 자랑스러워야 하는데 기분이 더럽다. 너 때문에 우리가 더 초라해져. 그래서 넌 좀 맞아야겠다."
끝끝내 아무 말도 하지 않고 맞기만 하는 학선을 본 봉희가 물었다.

"넌 왜 아무 말도 안 해? 억울하지도 않아? 네 속마음을 말해. 너도 힘들잖아. 대체 넌 누구를 위해 그렇게 사는 거야?"

봉희는 학선을 안쓰럽게 보는 유일한 친구였다. 그러나 그런 연민조차 학선에겐 모욕 같았다.

"계집애는 껴들지 마."

학선은 동정받고 싶지 않았다. 다른 아이들에게 약해 보이는 것, 불쌍해 보이는 것은 꾹 참으면 된다. 하지만 봉희에게만큼은 그런 모습을 들키고 싶지 않아서 더 화를 냈다.

봉희와 학선은 고향 친구였다.

윤정갑과 박만복은 달성군 서씨 종가의 땅을 일구던 노비였다. 갑오개혁으로 노비의 신분이 없어져 평민이 되었지만 삶은 크게 달라지지 않았다. 여전히 양반집 하인으로 일하며 살아가던 중 윤정갑의 아들 '학선'이 태어났고, 박만복의 딸 '봉희'가 태어났다.

나라를 잃은 조선 땅은 혼란스러웠고 고개를 숙이던 평민들이 일본 경찰이 되어 더 각박한 세상이 되었다. 양반집 사당에는 일본 천황 사진이 걸렸다.

그때부터 두 집안의 운명은 다른 길로 갈라졌다. 박만복과 그의 아내는 조선을 위해 자신들이 할 수 있는 일을 하겠다며 집을 나갔다. 그리고 돌아오지 않았다. 봉희 할아버지 할머니는 아들 내외에 대해 함구했다. 그들은 봉희를 위해 일본인 지주의 땅을 일구며

농사를 지었다.

윤정갑은 일본식 교육에 줄을 대는 것이 자유를 얻는 유일한 길이라고 확신했다. 아내의 폐병을 고치고 명석한 아들을 출세시키는 길은 유학뿐이었다. 자신은 짓밟혀도 좋으니, 아이만큼은 책상머리에 앉히겠다고 결심하고 일본인의 하급 관리인으로 고개를 숙이고 무릎을 꿇었다.

대구고등보통학교 입학식에서 둘은 다시 만났다. 학선은 첫눈에 '다카하시 준코'가 '박봉희'라는 것을 알았다. 봉희도 단번에 '야마모토 아키라'가 어렸을 적 개울가에서 함께 놀던 친구 '윤학선'임을 알아봤다. 그러나 둘은 알은체하지 않았다.

학선과 봉희가 원래 알던 사이라는 것이 알려지면 약점 하나가 보태지는 것이었다. 골치 아픈 일이었고 녀석들에게 놀림거리가 될 게 뻔했다.

새하얀 교복에 매끈하게 묶은 머리칼이 어깨 위에서 찰랑이는 봉희의 모습은 늘 단아했다. 노비 출신이라고 생각할 수 없을 만큼 정갈하고 고운 봉희의 모습을 학선은 매일 눈에 담았다. 학선도 봉희에게 잘 보이기 위해 신경 썼다. 그렇게 학선은 남몰래 봉희를 지켜보았다.

"야마모토 아키라, 또 일등이구나."

1년이 지나서야 봉희가 처음으로 학선에게 말을 걸었다. 학선은 깜짝 놀랐다. 수줍게 말하고는 자기 자리로 돌아가는 봉희를 슬쩍 보았는데, 봉희의 두 뺨이 불그스레했다. 볕이 잘 드는 창가 자리에 앉은 봉희의 옆모습을 훔쳐보다가 학선의 얼굴이 자기도 모르게 붉어졌다.

어느 날, 청소 당번인 히데오가 바닥 기름칠을 학선에게 시키고 나갔다. 군말 없이 청소를 하고 있는데 봉희가 교실로 들어왔다. 그리고 두 번째로 입을 열었다.

"그때 기억나?"

학선은 걸레질을 멈추고 봉희를 쳐다보았다. 학선과 봉희의 눈이 처음으로 마주쳤다. 봉희가 느닷없이 말했다.

"개구리 튀어나올 때 너 울었잖아."

그 순간 허리 춤에 작은 뜰채를 넣고 송사리를 잡겠다고 바위틈 사이를 뛰어다니던 여섯 살 봉희의 모습이 떠 올랐다.

"울긴 누가 울었다고 그래?"

"너 울었어."

그 장면을 기억해내며 미소 짓는 봉희가 예뻤다. 살짝 웃는 봉희의 눈과 학선의 눈이 또 한 번 마주쳤다. 학선의 얼굴이 다시 화끈거렸다. 그 모습을 들킬세라 고개를 돌리며 대꾸했다.

"나, 안 울었다."

학선은 관심 없는 척 퉁명스럽게 대답했지만, 심장은 사정없이 쿵쾅거렸다. 학선은 영락없는 열다섯 소년이었다.

그때였다. 쇼타가 뒤에서 킥킥거렸다.

"오, 아키라. 준코와 왜 같이 있지?"

"역시 천한 것들끼리는 알아보나 봐."

학선은 멈칫한 채 녀석들을 바라보았다. 그러나 봉희는 주눅 들지 않았다. 봉희는 녀석들을 향해 당돌하게 말했다.

"그래서 넌 그 천한 것한테도 밀리는 거야?"

그 순간 교실의 공기가 차가워지더니, 히데오의 표정이 얼어붙었다. 히데오의 입가에서 웃음기가 사라지는 것을 눈치챈 쇼타가 소리를 내질렀다.

"뭐, 뭐, 뭐라고? 이년이. 하녀 주제에."

봉희가 다시 또박또박 말했다.

"그 밥 짓던 손으로도 오등 안에 드는데 너희는 중간도 안 되잖아."

히데오의 얼굴이 일그러졌다. 쇼타가 주먹을 불끈 쥐고 봉희를 향해 다가갔다. 그런 쇼타의 두 손을 학선이 막았다. 봉희가 맞는 것을 두고 볼 수만은 없었기 때문이었다. 그런데 뒤에 있던 히데오가 쇼타를 밀치더니 학선을 향해 주먹을 날렸다.

"일본인은 여자 안 때려. 그러니까, 네가 대신 맞아라."

히데오가 홱 돌아 나갔고, 씩씩대던 쇼타도 따라 나갔다.

그제야 학선은 안도의 한숨을 쉬었다. 학선은 봉희를 나무랐다.

"계집애가 겁도 없이 왜 덤벼. 어떻게 하려고."

"때릴 용기는 없고 말로 사람을 짓밟는 저놈들에게는 말만이라도 지면 안 되지."

그날 학선은 생각했다. 봉희의 모습은 어쩌면 그녀의 부모님을 닮았는지 모르겠다고. 누구도 입 밖으로 낸 적이 없지만 알 것 같던 봉희 부모님의 행보가 봉희를 통해 그려졌다. 봉희는 그렇게 차별 속에서 움츠러들지 않으려 애썼다. 그날 이후부터 봉희는 학선 삶의 작은 빛이 되었다.

한동안 히데오와 쇼타 무리의 해코지는 심해졌다. 사사건건 트집을 잡았고, 봉희와 학선을 엮어서 괴상한 소문을 내기도 했다. 녀석들은 조선인 계집아이에게 받은 모욕을 학선에게 돌려 복수했다.

"거지 같은 새끼, 조센징 주제에 공부라니 말이 돼?"

"대일본제국 천황의 은혜가 아니면 지가 무슨 수로 공부를 하겠어?"

"쟤 아버지 교장 하인이지?"

"아, 그 다리 저는 아저씨 말이지? 아버지 닮아서 아키라도 청소 하나는 기가 막히게 해."

"아키라, 준코 그 계집애도 불러오지, 그래. 조센징끼리 같이 하면 좋잖아."

시도 때도 없이 괴롭히는 히데오 무리 때문에 화장실 청소는 학선의 차지가 되었다. 그런데도 히데오는 분이 안풀릴 때면 학선의 물건들을 감추고 버리고 망가뜨렸다.

학선은 봉희와 말을 섞지 않기 시작했다. 봉희는 학선과 둘이 있을 때 말을 걸어왔지만, 학선은 일부러 봉희에게 쌀쌀맞게 대했다.

봉희가 자신과 얽혀서 일본 애들의 입방아에 오르내리는 것이 참기 힘들었다. 봉희는 담담했지만, 학선은 그렇지 못했다. 그래서 학선은 봉희를 밀어냈다. 봉희를 지킬 수 있는 길은 그 방법이 유일했으니까.

학선을 차별하는 것은 일본인 선생님들도 마찬가지였다. 학선이 청소하는 틈을 타 허드렛일을 떠넘겼다. 교무실 유리창을 닦고 책상을 정리하고 바닥을 쓸었다. 학선은 그냥 묵묵히 했다.

교장은 종종 이렇게 말했다.

"참으로 충성심이 강한 조센징이로구먼. 과연 일본의 아들이 될 자격이 있다."

학선은 냄새 나는 화장실 오물을 퍼 나르면서 생각했다.

'이것도 공부다. 이 굴욕을 참는 것도 훈련이다.'

그렇게 자신을 세뇌하며 견뎌냈다.

학선에게 행복한 순간은 '야마모토 아키라'라는 이름이 벽보 맨 위로 올라갈 때였다. 그 순간만큼은 자신이 자랑스러웠다. 뛰어난 실력만큼은 인정할 수밖에 없었기에 선생들은 조롱 섞인 칭찬으로 학선을 깎아내렸다.

"조센징 주제에 제법 잘하네."

"일본 학생들 자극 좀 받아야겠어. 조선 놈한테 뒤처지면 그야말로 창피한 일이잖아."

무뎌질 법도 했지만 사실 그렇지 않았다. 열일곱 학선은 가시

같은 그들의 말에 매번 마음을 찔렸다. 가끔 자기 신세가 불쌍해서 눈물이 나오기도 했다. 그러나 공부하기에도 모자란 시간이었다. 그래서 더 독한 조센징이 되기로 다짐했다. 냉혹하고 혹독하게 자신을 통제한 탓에 학선의 감정은 매말라 갔다. 학선은 그렇게 모두가 인정하는 '재수 없는 독종 새끼'가 되었다.

그런데 하필 지금, 해방이 온 것이다. 학선은 혹시라도 앞만 보고 달려왔던 노력이 헛수고가 될까 봐 무서웠다.

가만히 있을 수 없었다. 경성 가는 기차를 탈 때까지 시간이 얼마 없었다. 교무실로 뛰었다. 옥음 방송이 송출된 이후 교무실은 담배 연기로 가득 차 있었다. 겐타로 선생은 없었고, 그의 자리도 깨끗하게 비어 있었다. 교감은 전화 수화기 너머로 누군가에게 화를 쏟아냈다. 학선은 교감에게 가서 다짜고짜 말했다.

"면접 서류가 필요합니다."

연기를 깊게 들이마신 교감이 잔뜩 찡그린 얼굴로 말했다.

"그 서류는 나카무라 교장 선생님이 가지고 있다."

"그럼, 나카무라 교장 선생님은 어디 계십니까?"

"대기하라고 하지 않았나?"

더 기다려야 한다는 소리에 말문이 막혀 서 있는데, 아버지가 교무실로 뛰어 들어왔다. 아버지의 짧은 한 다리가 문턱에 걸리는 바람에 손에 들고 있던 보따리가 바닥에 널브러졌다.

"나카무라 상이, 나카무라 교장이 없다. 교장실에도 없고 집에도 없어."

아버지의 감색 두루마기가 땀이 배어 진한 색으로 얼룩져 있었다. 아버지가 격앙된 목소리로 교감에게 따져 물었다.

"나카무라 교장 선생님 어디로 가신 겁니까?"

교감은 아버지에게 호통을 쳤다.

"조센징은 염치도 없는 건가? 황국이 무너졌는데 지금 네 유학이 대수더냐. 그깟 유학이 뭐라고 지금 여기서 이 행패인가!"

아버지가 다시 교감의 팔을 붙들었다. 교감은 손을 뿌리쳤다.

"어서 나가. 나가라는 말 못 들었나?"

교감이 흥분하고 교무실에 있던 선생님들이 학선의 아버지를 양쪽으로 잡아끌었다.

학선은 교무실에서 나와 학교 뒷마당으로 향했다. 그리고 사정없이 나카무라 교장의 정원을 가로질렀다. 아버지의 분노가 정원을 들어오면서부터 폭발했다. 그는 정원 한쪽에 놓인 삽을 들더니 담장을 타고 오르며 자라고 있는 능소화를 마구 헤집었다. 그 바람에 주황빛 능소화가 사정없이 꺾였다. 아버지에게 이 정원은 특별한 공간이었다. 단지 교장이 시키는 일을 하는 곳이 아니라, 희망을 찾는 곳이었다. 꽃들이 생기를 머금는 모습을 보며 아들 학선의 미래도 그렇게 되기를 하늘에 빌었다. 그랬던 아버지가 절망에 휩싸여 자신이 가꾼 정원을 망가뜨리고 있었다.

교장실 앞에 선 학선은 주먹으로 문을 세차게 두드렸다.

"나카무라 교장 선생님! 이건 약속이잖아요. 약속은 지켜야 하는 거잖아요."

아무런 인기척이 없었다. 손잡이를 돌렸지만 문은 잠겨 있었다. 뒤에서부터 달려와 쎄게 부딪혔다. 그러나 문은 열리지 않았다.

그때 멀찍이서 아버지가 소리쳤다.

"비켜라. 내가 해볼게. 내가….”

아버지가 구석에 놓여 있던 괭이를 들고 달려왔다. 학선도 삽으로 문고리를 강하게 내리쳤다. 관리인들이 달려왔지만 둘을 말릴 수는 없었다.

한 번, 두 번, 세 번.

퍽 하는 소리가 나더니 문짝이 쪼개졌다. 동그란 손잡이가 바닥으로 떨어지고 학선이 안으로 들어갔다. 교장실은 텅 비어 있었다. 학선은 교장의 책상을 뒤졌다. 서랍을 열었다. 책장에 꽂힌 책을 닥치는 대로 바닥으로 내던져 서류를 찾았다. 곳곳을 미친 듯이 뒤졌지만, 그 어디에도 학선의 유학 서류는 보이지 않았다.

"학선아, 이제 그만해라. 나카무라는 이미 떠났다."

그제야 교장실이 학선의 눈에 들어오기 시작했다. 비어 있는 책상, 서랍, 책장. 벽에 걸려 있던 천황의 초상화도 사라졌다.

넋이 나간 채 교장실을 빠져나온 학선은 교실로 향했다.

'내가 뭘 그렇게 잘못했지? 뭘 그렇게 잘못했냔 말이야.'

교실에 도착했을 때 아이들 몇몇이 있었다. 천황의 항복 소식에 집으로 돌아간 아이들도 있었고, 기숙사로 들어간 아이들도 있었다. 학선은 무얼 어떻게 해야 할지 몰라 책상 앞에 앉았다. 비좁은 책상 위 낡은 노트가 보였다. 학선은 노트를 열었다.

我身雖屈 魂不屈
내 몸은 굽을지라도 내 혼 만큼은 굽히지 않겠다.

학선은 한 자, 한 자 꾹꾹 눌러 적은 글귀를 읽었다. 최대한 눈에 띄지 않도록 굽실거리며 공부만 했다. 보기 드문 수재라며 치켜세울 때는 일본의 아들이었다가, 뒤돌아서면 조센징이라며 복종을 강요하는 일본인들. 조선인으로 태어나 나라 잃은 설움을 견딜 수 있는 특별한 방법은 어디에도 없었다. 그저 견디고 버티면서 마음이 꺾이지 않도록 온 힘을 다하는 것뿐이었다.

학선은 기운이 쭉 빠졌다. 참아 왔던 마음속에서 무언가가 와르르 무너져 내릴 것 같았다. 이때 봉희가 말을 건넸다.

"넌 아직도 유학을 갈 수 있다고 믿는 거야?"

"…."

"일본인들이 너를 진짜 황국의 아들로 생각했다면 진실을 알려 줬어야지."

"…."

"이제 다 끝났어."
"개새끼들."

학선의 입에서 욕이 나왔다. 목구멍까지 올라왔던 그 말을 피토하듯 뱉어내고 학선은 조용히 눈물을 훔쳤다.

*

학선은 아버지와 함께 플랫폼 끝 그림자 진 기둥 옆에 몸을 기대고 앉아 있었다. 학선과 아버지가 타야 할 기차는 아직 오지 않았다. 한여름의 땀 냄새와 함께 철로에서 나는 괴상한 쇳소리가 학선의 신경을 건드렸다. 기차가 들어오면 입석이라도 타자고 학선은 아버지에게 말했다.

일본의 패전 소식은 순식간에 퍼져 나갔다. 해방을 외치는 사람들이 빛 바랜 태극기를 품속에서 꺼냈다. 기미년 만세 운동 이후로 숨겨 두었던 깃발이었다. 해방이라는 엄청난 소식에, 숨죽여 있던 조선 사람들이 너나없이 거리로 쏟아져 나왔다. 대구역 주변도 마찬가지였다.

대한 독립 만세! 대한 독립 만세! 대한 독립 만세!

사람들의 목소리가 커져 갔다. 동시에 학선의 마음도 요동쳤다.

넋을 놓고 허공을 바라보는 아버지를 보며 학선은 중얼거렸다.

"난 꼭 가야 해."

반드시 가야 한다고 수십 번을 외쳤지만 학선의 마음은 자꾸 절망으로 차올랐다.

기차역으로 오기 전 학선은 미친 사람 같았다. 교장이 떠났다는 것을 알고 난 뒤로는 더 흥분해서 날뛰었다. '다 끝났다'는 봉희의 말은 학선을 자극했다.

기숙사로 달려가 방 한쪽에 고이 모아 둔 서류들을 챙겼다. 남들 눈에는 그저 종이 조각에 불과할지 몰라도, 그 상장들은 학선의 자부심이자 유학을 절대 포기할 수 없는 이유였다. 면접은 형식일 뿐이고 오늘 받지 못한 추천서는 나중에 추가로 제출해도 괜찮을 것이다. 학선은 걸어 놓은 교복을 입고 짐을 챙겼다.

방문을 열고 나서자, 조선인 선생님이 학선을 불러 세웠다.

"아직도 그 유학이 가능하다고 믿는 건가? 윤학선 군!"

대놓고 총애하진 못했어도 학선의 미래를 진심으로 응원하던 고 선생님이었다. 오랜만에 부르는 '윤학선'이라는 이름을 듣고 학선은 잠시 멈춰섰다.

"선생님, 오늘 밤 경성 가는 기차가 있습니다. 저는 반드시 가야 합니다. 대일본제국이 약속한 일이라면 해방이 되었어도 지켜질 것입니다. 아직 그 약속이 끝나지 않았습니다."

고 선생님은 더 이상 아무 말도 하지 않았다. 1층으로 내려가 기숙사를 나서는데 기다렸다는 듯이 히데오가 서 있었다.

"천황 폐하도 항복하셨는데 넌 아직도 일본을 믿냐? 진짜 바보는 너야. 조센징, 아키라."

히데오의 말이 비수같이 꽂혔다. 그래도 학선은 뒤돌아보지 않았다. 겨우 기숙사를 빠져나와 교문 밖으로 달려 나가려는데 봉희가 소리쳤다.

"너를 진짜 황국의 아들로 생각한 것 같아? 아직도 모르겠니?"

학선은 봉희에게만은 이해받고 싶었다. 그래서 뒤를 돌아 봉희를 바라보았다. 학선은 봉희를 원망스럽게 노려보았다. 그러나 봉희는 아랑곳하지 않고 학선을 향해 소리쳤다.

"일본 애들이 조센징이라고 말하는 것보다 네가 더 나빠. 넌 조선인이야. 나라를 빼앗기고 이름까지 바꾸면서 정체성을 지워도 너는 윤학선이고, 나는 박봉희야."

눈 하나 깜빡하지 않고 사내 녀석들에게 덤비기까지 하더니, 봉희는 학선의 자존심마저 건드렸다. 학선은 뒤돌아 다시 달렸다.

학선도 알고 있었다. 봉희의 말이 옳다는 것을. 그러나 지금은 자신의 간절함을 설명할 시간이 없었고, 누구라도 학선의 길을 막지 못했다. 오직 1등만이 덕지덕지 붙은 욕지거리를 씻어 줄 수 있었고, 마지막 보상인 유학만 남아 있는데 어떻게 멈출 수 있을까! 오직 가야 한다는 일념만이 학선을 앞으로 밀어낼 뿐이었다.

초조하게 기차가 오기만을 기다리는 학선에게 일본인 헌병이 물었다.

"조센징이 어딜 가는 거지?"

"경성으로 갑니다."

"잘못 온 거 아닌가? 우린 지금 철수 중이다. 기차 타기가 힘들 텐데."

학선은 고개를 들어 또박또박 말했다.

"학교 면접이 있습니다."

"이제 그런 건 없어. 바보 같은 놈. 지금 세상이 어떻게 돌아가는지도 모르나?"

그들은 코웃음을 치더니 학선을 지나쳐 갔다. 학선은 주먹을 불끈 쥐었다.

그 모습을 지켜보던 중년 남자 두 명이 학선에게 다가왔다. 플랫폼 맞은편에서 계속 술을 마시던 사람들이었다.

"야, 너 혹시 그놈 아니야? 총독부 학교 다니던 그 조선놈."

"신문에 나왔잖아. 일본놈들한테 상 받은, 이름이 뭐였더라?"

"해방됐는데도 일본 학교 가겠다고 여기 서 있는 거야?"

그 순간 아버지가 학선 앞에 섰다.

"그만하십시오. 이 아이는 그저 공부를 했을 뿐입니다. 대구고등보통학교에서 일등을 하면 유학을 보내 준다고 약속했습니다."

아버지 목소리가 떨렸다.

"아, 당신이 아비로군. 어디서 많이 본 놈인데."

"달성공원 인근 반촌에 사는 윤가 아니오. 왜놈 뒤치다꺼리하는 놈인데 모르오?"

플랫폼에 서 있던 사람들이 고개를 돌려 아버지를 쳐다보았다.

"내 아들은 그런 아이가 아니오. 조선의 희망이란 말이오."

그 말에 두 사람 인상이 더 험악하게 구겨졌다.

"희망?"

"아이고 여보시오, 가족 잘살아 보겠다고 쪽바리 새끼들한테 굽신거린 놈들이 조선의 희망이라네요."

아버지에게 주먹이 날아들었다. 두 명의 청년이 합세하여 아버지를 향해 달려들자 학선이 아버지 앞을 막아섰다. 그러자 그들은 학선을 넘어뜨리고 사정없이 때렸다.

"왜놈 앞잡이 새끼."

"제 아비가 조국 팔아먹고 사니까 낯짝이 이리 두껍지."

막무가내로 학선을 폭행하는 사람들은 둘에서 넷이 되고, 넷에서 여섯이 되었다. 아버지는 사람들을 향해 도와달라고 소리쳤다. 그러나 외면했다. 아버지 혼자 학선을 에워싸고 있는 사람들을 떼어 내려고 했지만, 그들의 힘을 막기에 역부족이었다. 어느새 학선과 아버지는 열 명 남짓 되는 무리 사이에서 이리저리 떠밀려 바닥으로 내동댕이쳐졌다. 쓰러진 학선의 머리 위로 누군가가 흙을 뿌렸다. 누군가는 가래를 뱉었다. 그 위로 한번 더 발길질이 오갔다.

그 순간이었다. 멀리서 순사가 호루라기를 불면서 달려왔다.

"그만 안 둬? 여긴 공공장소야. 그만 안 두면 연행이야."

조금 전까지 주먹을 휘두르던 조선 사람들은 군중 틈으로 몸을 숨겼다. 학선과 아버지를 비웃던 사람들도 사방으로 흩어졌다. 그리고 학선과 아버지만 덩그러니 플랫폼 구석에 놓였다.

일본 순사가 물었다.

"문제없는 건가? 조센징."

순사의 말에 학선은 고개를 들고 주위를 둘러보았다.

참 희한했다. 학선은 조선 사람에게 맞아 이마가 깨지고 입술이 터졌다. 장애가 있는 아버지의 다리를 가격하던 사람도 조선인이다. 그들은 아무것도 모르면서 학선의 꿈을 짓밟았다. 아버지의 희망도 꺾으려 했다. 학선은 헛웃음이 났다. 일본인 순사의 도움으로 위기를 모면한 학선은 어느 나라 사람인가! 조선인이 맞나? 누가 학선의 손을 잡아 구원해 주었는가! 만신창이가 된 몸을 끌어안고 학선은 소리 없이 울었다.

그때였다. 저 멀리 학선을 바라보는 한 사람이 있었다. 봉희였다. 봉희가 아버지에게 다가왔다. 봉희는 말 없이 손수건을 꺼내 아버지의 얼굴에 난 상처를 닦아 주었다. 그리고 아버지를 부축해서 플랫폼 기둥에 몸을 기대도록 했다. 봉희는 잠시 머뭇거리다가 학선에게 손을 내밀었다. 학선은 봉희가 뻗은 손을 피했다. 학선은 봉희에게서 떨어지려고 겨우 몸을 일으켰다. 몇 걸음을 걷던 학선은 다리에 힘이 풀려 주저앉아 버렸다. 그러고 나자 참아 왔던 설움이 목구멍에서부터 터졌다. 학선은 주먹으로 땅바닥을 두드리며 목이 찢어지도록 절규했다.

"오지 마. 오지 말란 말이야. 난 조선이 해방될 줄 정말 몰랐단 말이야."

작가의 말

    열일곱 살 소년은 대학에 가고 싶었습니다. 그러나 소년이 사는 시대는 일제강점기였고, 조선인에 대한 고등교육 기회가 극히 드문 가운데 공부만이 꿈을 이루기 위한 발판이었지요. 그 꿈을 이루려던 찰나 조국은 광복을 맞이했습니다. 소년이 이루려 한 꿈은 평범할 수 있지만 그가 처한 상황은 특별한 역사의 현장입니다.
    여러분이 소설 속 주인공이라면 어떻게 할 것 같나요?
    친구들의 꿈을 응원합니다. 그러나 때로는 자기를 희생하더라도 사회와 국가를 생각하는 사람이 되었으면 좋겠습니다.

녹음 속에
날아올라

안
효
경

안효경 대학에서 국어교육을 공부했고, KB창작동화제에서 장려상을 받았다. 《국제신문》 신춘문예에 동화가 당선되었으며, JY스토리텔링아카데미에서 청소년과 어린이를 위한 글을 쓰고 있다. 지은 책으로 《외계인과 용감한 녀석》, 《달달 가게의 온도》(공저)가 있다.

"하나, 둘, 셋…."

나 자신에게 속삭이듯 숫자를 세며 양팔을 들어 올렸다. 다시 옆으로 뻗으며 발끝을 세웠다. 맨발에 바닥의 매끄러운 나뭇결이 스쳤다. 제자리에서 한 바퀴를 돌았다. 또 한 바퀴…. 체육복으로 입은 메리야스 셔츠가 땀에 젖어 들었다. 턱 끝에 맺힌 땀방울이 바닥으로 떨어졌다.

"후유!"

가쁜 숨을 토해내며 입고 있는 셔츠를 들어 올려 이마와 턱에 맺힌 땀방울을 훔쳐냈다.

"누가 봤으면 다 큰 처녀가 배를 까고 무슨 창피한 짓이냐며 한 소리 했으려나?"

학교 2층, 텅 빈 무용실을 둘러보았다. 지켜보는 이 하나 없이

나 홀로 독차지하는 중이다. 생각해 보니 일본인 고위층 딸들이 대다수인 사립 고등여학교에서 드러내 놓고 나를 혼낼 사람이 있을까 싶다. 기껏 뒤에서 흉을 보면 모를까. 선생들조차 조선총독부 육군 소장인 아버지의 눈치를 보는 판이니까 말이다.

창밖을 스치는 바람이 커튼을 흔들며 눈부신 7월의 햇살이 비쳐 들었다. 나는 창턱에 팔꿈치를 대고 손바닥에 턱을 괴었다. 운동장 가장자리에 선 사쿠라 나무 위로 햇빛이 반짝거렸다. 봄엔 분홍빛으로 만발하던 나무가 지금은 짙은 초록의 잎이 그늘을 만들며 바람에 물결쳤다. 그 사이로 직박구리가 소란스럽게 울어 대며 여름이 깊었음을 알렸다.

"후유, 너희는 좋겠다."

쥐 죽은 듯 고요한 무용실과 달리 바깥은 생기가 넘쳐흘렀다. 한숨이 절로 나왔다. 혼자 하는 무용에 진전도 없고 당연히 재미도 없다.

여학생들이 건강해서 미래에 튼튼한 아이를 많이 낳아야 한다며 신체 단련을 위한 교양 수준의 기초 무용만 가르치는 조선인 체육무용 선생의 수업은 실망스럽기만 하다.

"아, 답답해."

안쪽으로 시선을 돌리자 어울리지 않게 체육무용 선생이 앞 벽면에 붙여 둔 '조선의 이사도라 덩컨' 최승희의 기사가 눈에 들어왔다. '지구 위를 달리는 세기의 무희 최승희 남미까지 풍미'라는 제목 아래 최승희의 무용 사진이 한눈에 시선을 사로잡았다. 사선으로 휘어진 팔과 높게 든 다리, 날렵한 허리 곡선, 카리스마 넘치는 눈빛까지…. 보고 있자니 그 어릴 때처럼 가슴에 물결이 일었다.

아홉 살 때 엄마와 공회당에서 최승희의 무용 공연을 봤다. 최승희의 무용은 충격적이었고 보는 내내 심장이 쿵쾅거렸다.

- 엄마, 다 큰 여자가 망아지처럼 경중경중 뛰어다녀. 창피하지도 않나?

최승희가 양다리를 펼쳐 높이 도약하는 걸 보고 마음과는 달리 뾰로통하게 입을 내밀었다. 아버지가 봤으면 매를 들었을 게 분명하다고. 그런데 엄마는 내 말이 귀에 들리지 않는 것 같았다. 엄마는 두 손을 꼭 쥔 채 무대를 뚫어져라 바라보고 있었다.

- 자유롭게 무대를 누비는 모습이 정말 아름다워. 부럽구나. 저이는 저리도 온전히 자기 자신으로 살고 있는데….

일본 귀족 가문의 여인으로 당당하고 잘난 줄로만 알았던 엄마가 망측한 무용을 보고 아름답다고 하는 게 그때는 이해가 되지 않았다.

그 후 엄마는 최승희의 스승인 이시이 바쿠의 공연을 보겠다고 무용 연구소를 찾아 일본으로 갔다가 사고를 당해 돌아가셨다. 아버지는 배신감에 분노하며 엄마를 원망했다. 천박한 무용에 빠져 천황 폐하의 신민으로서의 명예도, 가문의 체면도, 가족도 다 저버렸다고 말이다.

엄마가 돌아가시고, 원래도 엄격했던 아버지의 감독과 단속은 더 심해졌다. 나는 아버지 앞에서 늘 기가 죽어 지냈고 내 곁에는 부릴 하인들과 감시의 눈길만 있었지, 진정한 내 편은 없었다. 이상하게도 외롭고 힘들 때마다 망측하다고 여겼던 최승희의 무용이 떠올랐다.

기억을 깨우기라도 하듯, 무용실 문이 벌컥 열렸다.

"리에, 어떻게 된 게 하계 휴업일까지 무용실이야? 참, 건강하신 숙녀님이라니까. 미래에 아이들을 숨 풍 숨 풍 잘도 낳겠네."

동급생인 사츠키였다. 사츠키의 아버지는 경성포목을 운영하는 조선인이다. 총독부에 협조를 잘해 미스코시백화점에 포목을 대고 있었다. 그 덕에 사츠키는 조선인 학생이 몇 안 되는 우리 학교에서 함께 일본식 교육을 받고 있다.

그러고 보니 오늘은 여름방학 날이다. 그나마 학교에 나와 무용실에서 몸이라도 풀며 숨통이 트였는데 내일부터 집에 갇혀 가정교사에게 수업받을 생각에 머리가 지끈거렸다.

"내가 그 소리 듣기 싫다고 했지."

나는 가슴 앞에서 팔짱을 끼며 사츠키를 째려보았다.

"에그, 무서워라."

사츠키가 몸을 떠는 시늉을 하더니 얼른 알록달록한 과자 갑을 내밀었다.

"이거 먹어. 우리 아버지가 이번에 미스코시백화점에 새로 들어

온 양과자라며 너 꼭 갖다주라더라. 비쩍 말라서는 말이야. 나처럼 오동통해야 건강한 게지."

사츠키의 아버지는 우리 아버지에게 인사를 온 적이 있어 나와도 안면이 있다. 나는 눈썹을 찡그렸다. 나에게 잘 보이려 하면서도 은근히 비꼬는 사츠키의 태도가 얄미웠다.

"됐어. 먹은 걸로 칠게."

저걸 먹었다가는 최승희처럼 가볍게 날아오르기나 할까, 하는 뜬금없는 생각에 입맛이 셨다.

"카페 출입도 시시하다. 백화점 나들이도 지겹다. 잘난 우리 리에 양은 도대체 뭐에 관심이 있누? 이건 어때?"

사츠키가 옆구리에 끼고 온 《경성일보》의 한 면을 펼쳐 내 눈앞에 보였다.

"응? 해월회가 뭐 하는 곳이야?"

나는 '해월회, 개작 공연극 발표회'란 기사 제목을 흘깃 읽어 넘겼다.

"동경 유학생들이 만든 연극 공연 단체잖아. 만날 무용실 마룻바닥만 돌지 말고 교양 좀 쌓으세요. 숙녀님."

사츠키가 입술을 동그랗게 말아서 휘파람을 불었다. 그것도 몰랐냐며 고양이 쥐 챙겨 주는 얼굴이다. 평상시엔 나한테 고분고분하면서 제가 더 잘 안다 싶은 게 있으면 기어오르려 들었다.

"난 관심 없으니까 너나 가."

나는 사츠키가 들고 있는 신문을 밀쳤다.

"그래? 네가 관심을 가질 줄 알았는데 말이야. 너 체육무용 시간에도 제일 열심이잖아. 이번 공연은 특별히 무용극이라고…."

사츠키가 신문을 접으며 투덜거렸다.

"뭐? 무용극이라고?"

나는 사츠키에게서 얼른 신문을 뺏어서 기사를 소리 내어 읽었다. 해월회가 셰익스피어의 '한여름 밤의 꿈'을 동양풍으로 개작하여 상연한다는 내용이었다. 신선이 사는 숲에서 벌어지는 청춘남녀의 얽히고설킨 사랑 이야기. 내용보다도 더 마음을 끄는 건 무용극 중심이라는 거였다.

"신선의 춤, 선녀의 춤, 환희의 춤, …사츠키, 이거 당장 예매해야 해."

나는 신문을 움켜쥐었다.

"그래, 네가 관심 있을 거라고 했잖아."

사츠키가 그럴 줄 알았다며 고개를 끄덕였다.

"사람이 무대 위에서 꽃도 되고 날 수도 있는 거였어. 조명 아래 빛나는 땀방울이 진짜 보석 같았어."

내가 중얼거리자, 사츠키가 내 얼굴 앞에 동그라미를 그렸다.

"완전 푹 빠지셨네."

해월회의 무대는 내가 이제껏 보지 못한 세계를 보여 주었다.

나는 우물 안 개구리였다. 내가 어떤 사람인지, 무엇을 하고 싶은지 아무런 생각도 없이 살아왔다. 꿈을 가지고 넓은 세계로 나아갈 수 있다는 생각조차 못 했다.

"사츠키, 넌 꿈이 뭐야?"

내 질문에 사츠키가 어안이 벙벙한 얼굴을 했다.

"그야… 아버지가 돈을 많이 버는 거랑 능력 있는 남자 만나서 내조 잘하는 현모양처 아니겠어?"

아마 다른 친구들에게 물어도 열에 여덟은 사츠키와 같이 대답할 것이다. 아이를 낳으면 자식 잘 키우고 부모, 남편에게 순종하는 삶을 최고라고 여기는….

"그건 주어지는 거지. 스스로 일궈낸 네 꿈이 아니잖아."

나도 마찬가지였다. 자랑스러운 천황 폐하의 신민으로 좋은 가문과 혼인하여 내가 누릴 수 있는 명예와 부를 누리면 된다고 여겼다. 스스로 힘으로 무언가를 이루고 기쁨을 누릴 수 있다는 의지가 없었다.

일본으로 간 엄마가 돌아가시기 전에 내게 보낸 편지가 있다. 거기에 엄마의 유언이 되어 버린 말이….

리에, 돌아갈 날이 좀 늦어질 것 같아. 엄마는 무용가들을 사진에 담으며 내가 날아오르는 환희를 느껴. 내가 진정으로 살아 있다는 느낌이 들어. 엄마의 이름으로 자리를 잡고 싶어. 확고한 내 자리를. 리에, 누구도 너를 대신해 살아 줄 수 없단다. 나는 내 딸이 자신을 잊지 않고 살아가기를 바라.

이제야 엄마가 자유롭게 무대를 누비는 최승희가 부럽다고 한 말이 이해되었다. 온전히 자기 자신으로 살아갈 수 있다는 것이 얼마나 아름다운지를.
"나도, 나도 날아오르고 싶어."
아침에 일어나서 잠자리에 들 때까지 온통 무용 생각뿐이었다. 서양을 무대로 한 것을 동양으로 바꿔 서양 무용과 조선의 전통 무용이 섞여 있던 해월회의 공연이 계속 눈앞에 어른거리며 잊히지 않았다. 진심으로 무용이 하고 싶다는 마음이 간절해졌다.
"리에, 그렇게 무용이 좋으면 내 육촌 언니를 소개해 줄까? '나팔꽃 연극회'라고 경성 학생 연합연극회에서 연출을 맡고 있는데 말이야. 방학 중에 무용극을 공연할 거라고 하더라. 성격이 좀 까칠하긴 해도 사리 분별은 분명하니까 실력이 있으면 뽑아 줄 거야. 내가 잘 말해 줄게."
나는 대번에 사츠키의 손목을 부여잡았다. 사츠키와 친구가 된 것이 처음으로 눈물겹게 고마웠다.

*

나는 사츠키가 끄적여 준 주소를 들고 일찌감치 종로 사거리에 있는 극단을 찾아갔다. 푸른색 철문 위에 '나팔꽃 연극회'라는 나무 현판이 걸려 있었다. 어딘가 촌스러운 이름에 슬머시 웃음이 나왔다. 나팔꽃 꽃말이 '기쁜 소식'이었던가. 어쩌면 이곳에서 그토록 갈구하던 기쁜 소식을 만날 수 있지 않을까? 괜스레 긴장되는 한편 기대감으로 가슴이 두근거렸다.

삐걱대는 철문을 밀치고 좁은 계단을 몇 칸 내려가니 중문이 보였다. 융단 같은 검은 천을 두른 나무문을 밀고 들어섰다. 안으로 들어서자 그제야 널찍한 공간이 드러났다. 단원으로 보이는 몇몇 학생이 무대 위에서 무용을 연습하고 있었다. 방해되지 않게 무대 밑 한구석에 서서 구경하였다.

진사댁 아가씨가 세도가인 판서댁으로 시집가게 되었다며 동네 사람들과 친구들에게 자랑하며 기뻐하는 장면이었다. 나비가 나풀나풀 춤을 추듯 경쾌하고 발랄한 몸동작으로 춤을 추었다. 주변 사람들은 아가씨를 둘러싸고 축하 인사를 건네며 덩실덩실 어깨춤을 추었다.

'나도 뛰어들고 싶어. 함께 춤을 추고 싶어!'

무대 위로 뛰어올라 함께 춤추고 싶은 마음에 저절로 발이 까딱거리고 몸이 움찔거렸다.

"거기 누구지? 처음 보는데. 여긴 어떻게 알고 들어온 거야?"

무대 밑 중앙에서 지시하던 단발머리 여학생이 의아한 눈으로 나를 돌아봤다.

"저는… 사츠키의 소개로 연극회에 들어오고 싶어서…."

내가 말을 더듬거리자, 단발머리 여학생의 눈이 동그래지더니 이내 아는 체를 했다.

"아하, 네가 사츠키가 말한 무용 잘한다는 애구나. 안 그래도 들를 거라고 전해 들었어. 어서 와. 참, 내 이름은 장우리야."

사츠키의 육촌 언니, 장우리가 오른손을 내밀었다. 악수를 청하는 것 같았다. 나는 뻘쭘히 그 손을 바라보기만 했다.

"하하, 우리가 8월 15일 동양극장을 빌려서 '맹진사댁 경사'를 공연하기로 했거든. 춤이 많은 부분을 차지하는 무용극 공연이야. 그래서 춤에 능한 이가 필요해."

장우리가 제 손을 블라우스 앞자락에 쓱쓱 문지르더니 내 손을 잡아끌었다.

"어디 한번 춤을 보여 봐."

나는 엉겁결에 무대에 세워졌다. 장우리와 심사원으로 보이는 서너 명의 학생 앞에서 기본적인 발레 동작을 선보였다.

"음, 균형 감각도 좋고. 기본기는 갖추었네. 그래서 춤은?"

학생들이 머뭇거리는 나를 보고 고개를 갸웃거렸다.

"그게…."

나는 눈을 한번 질끈 감았다 뜨고는 사실대로 말했다.

"저, 춤은 춰 본 적이 없어요. 그렇지만 지난번 해월회의 공연을 보고 관심이 생겼어요. 어떤 역이라도 좋으니까, 극단에 넣어만 주면 최선을 다해 배울게요. 정말 열심히 할게요."

나는 연극회에 들어가고 싶은 마음에 매달리다시피 부탁했다. 그런데 도대체 어디서? 누구에게 배운단 말인가?

집에 있는 하나코가 퍼뜩 떠올랐다. 하나코라면 나에게 춤을 가르쳐 줄 수 있지 않을까? 아닌가? 기생의 춤은 천박하다는 생각이 앞서 선뜻 하나코에게 춤을 배워 오겠다는 말이 떨어지지 않았다.

장우리가 심사원 학생들과 의논이 끝났는지 나를 올려다봤다. 나는 침을 꿀꺽 삼켰다. 무슨 말이 나올지 몰라 손에 땀이 배었다. 장우리가 바짝 긴장한 내 표정을 읽었는지 밝은 얼굴로 입을 뗐다.

"일단 극단에 들어와서 연습하는 거 보고 배역은 그때 가서…. 우선 여기 입단서에 이름이랑…."

장우리가 내게 입단서를 건넸다. 너무 설레서 입단서를 받는 손끝이 떨렸다.

그때 뒤늦게 극단 안으로 머리를 단정히 묶은 여학생이 들어섰다.
"요시다 리에? 네가 여긴 어떻게?"

여학생이 나를 알아보고는 화들짝 놀랐다. 같은 학교 학생이었다. 조선인 학생과는 교실도 다르고 수업도 대부분 분리되어 있어서 몇 번 스치며 어렴풋이 얼굴만 기억에 있었다.

"뭐! 일본인이라고?"

여학생이 내 이름을 부르자 모여 있던 학생들이 곤란한 얼굴을 했다.

"아니, 처음부터 이름을 밝혔어야지. 이거, 영 껄끄러워서 받아들일 수 있겠어?"

"그러게, 우리 연극회에 일본인 학생은 없잖아. 무슨 꿍꿍이가…."

나팔꽃 연극회는 일본인 학생은 없고 조선인 학생 중심이었다. 의심스러운 눈초리들이 나를 쏘아보았다.

"절대로 다른 뜻은 없어요. 무용이, 춤이 좋아서 찾아왔을 뿐이에요."

나는 두 손을 맞잡고 도리질을 쳤다. 제발 진심이 전해지기를 바랐다.

보다 못한 장우리가 학생들 앞으로 썩 나서며 말했다.

"춤을 좋아하는 마음에 내지인, 외지인이 무슨 상관이야? 춤에 무슨 줄 그어 놨니? 춤에 국적이 어디 있어? 가뜩이나 단원들도 부족한데 하나라도 더 들어오면 우리 연극회에도 좋은 일이지. 리에는 죽어라 연습해 올 수 있지? 공연일이 이제 보름밖에 안 남아서 물러날 수도 없어."

장우리의 말에 나머지 학생들도 마지못해 고개를 끄덕였다.

"리에, 우리 나팔꽃 연극회에 들어온 걸 환영해."

장우리가 손을 내밀었다. 이번에는 나도 망설임 없이 장우리의 손을 마주 잡았다. 장우리가 잡은 손을 흔들었다. 기쁨에 벅차 가슴이 울렁거렸다.

 매일 핑계를 대고 집을 빠져나와 연습에 참여했다. 단원 누구보다도 제일 먼저 와서 늦게까지 머물렀다. 심각한 문제는 진전이 없다는 거였다. 신경을 쓰면 쓸수록 몸이 삐걱거렸다.

 "손끝에서 손목, 팔을 타고 어깨선까지 부드러운 곡선으로 이어져야 하는데…, 왜 안 되냐고? 무슨 나무통이냐고!"

 내가 머리를 쥐어뜯을 때였다.

 "어휴, 널 가르쳐 줄 사람이 집에 딱 대기하고 있잖아. 네 새엄마… 아니, 하나코가 한때 춤으로 이름난 기생이었다니까 잘 가르쳐 주겠지."

 응원하겠다고 날 따라온 사츠키가 심드렁하게 말했다.

 하나코는 새엄마다. 엄밀히 따지면 아버지와 정식으로 혼인한 건 아니니까 첩으로 봐야 하지만 말이다. 떠도는 말로는 하나코가 열두 살 때부터 한성권번 기생양성소를 다녀 명월관에서 춤으로 이름난 기생이었다고 한다. 하인들은 조선의 기생은 그래도 예인으로 자부심이 높았는데 그건 다 옛말이라고 수군거렸다. 통상 술자리에서 흥을 돋우거나 교태를 부리기 위한 춤을 춘다는 것이다. 그러다가 하나코처럼 고위 관리의 눈에 띄어 팔자나 고쳐 볼 셈으로 돈에 팔려 온다며 대놓고 무시하거나 뒤에서 첩년이라고 욕을 해댔다.

 아버지도 술을 드실 때마다 하나코를 불러 춤을 추게 했다. 하나코는 가장 행복한 때가 춤추는 순간이라도 되는 양 미소 띤 얼굴로 덩실거리며 춤을 추었다. 아버지의 강요로 옆에서 지켜보다 눈살을 찌푸리며 내 방으로 돌아간 적이 몇 번 있었다. 그럴 때마다 아버지는 하나코에게, 더 나아가 조센징에게 굴욕감을 안겨 주었다는 생각에선지, 만족한 얼굴이었다.

"그… 연극에서 추는 춤이랑 기생… 춤이랑 같나?"

"네가 지금 찬밥 더운밥 가리게 생겼니? 무용, 춤, 댄스, 알고 보면 말만 다르고 같은 거잖아. 그러니까 이 춤이든 저 춤이든 다 한 줄기에서 나와서 통하는 데가 있겠지."

사츠키가 무용하겠다는 애가 그런 것도 모르냐고 눈을 흘겼다. 또 잘난 척이다. 그래, 기생양성소를 다닌 하나코라면 충분히 나를 가르칠 수 있을 것이다. 나를 믿고 뽑아 준 장우리에게도 반드시 해내는 모습을 보여 주고 싶었다. 나는 하나코가 있는 집으로 내달렸다.

"하나코, 어디 있어?"

거실로 들어서던 나는 벌린 입을 얼른 손으로 막았다. 아버지가 무슨 안 좋은 일이 있었는지 초저녁부터 술상을 벌이고 있었다. 태평양전쟁이 막바지에 달해 총독부는 연일 비상이었다. 술잔을 입에 대고 있는 아버지의 표정에서 분노를 억지로 삼키는 태가 났다. 역시나 하나코가 불려 나와 술상 앞에서 춤을 추고 있었다.

나는 곧장 방으로 들어가려다 하나코의 춤을 지켜보았다. 눈이 휘둥그레졌다. 하나코는 술자리의 흥을 돋우는 흥겨운 춤이 아니라 이제껏 보지 못한 춤을 추었다. 치맛자락을 살포시 쥐고 발끝을 세워 빙그르르 돌고. 손끝에 시선을 두고 바람을 가르듯 천천히 손을 움직였다. 손끝을 타고 팔목이, 어깨가 돌아갔다. 동작 하나하나가 유연하고 절제되어 있었다. 우아하면서 아름다운 자태였다. 그러면서 뭔지 모를, 억눌러 두었던 슬픔이 올라와 시선을 떼기가 힘들었다. 하나코의 춤을 보면서 가슴이 미친 듯이 방망이질 쳤다.

"쨍그랑 댕강, 와장창!"

아버지가 술상을 뒤엎어 버렸다.

"오라잇! 누가 그 따위 청승맞은 춤을 추라더냐? 오오라, 우리 대일본제국이 망하라고 추는 춤이로구나."

아버지가 하나코에게 성큼 다가가 뺨을 후려쳤다. 곧이어 발길질이 이어졌다. 나는 비명이 새려는 입을 틀어막았다. 숨을 쉴 수가 없었다. 하나코가 피범벅이 되어 쓰러졌다. 그제야 흥이 식었다며 아버지가 서재로 들어갔다.

하나코가 의자를 잡고는 비틀거리며 일어섰다.

"하나코, 내, 내가…."

내가 부축하려 엉거주춤 내민 손을 하나코가 가만히 뿌리쳤다.

"괜찮아."

하나코는 미소를 띠고 있었다. 얻어맞으면서도 자신이 춘 춤을 자랑스러워하고 있는 얼굴이었다.

나는 서둘러 상처 연고를 찾아들고는 하나코의 방으로 갔다.

"하나코, 나에게 춤을 가르쳐 줘. 부탁이야."

"조선 춤을… 네가 왜?"

하나코가 이건 또 무슨 괴롭힘인가 싶었는지 고개를 갸웃하였다.

"춤이 좋으니까."

내 대답을 들은 하나코의 눈동자가 떨렸다. 이윽고 가만히 고개를 끄덕이며 미소 짓는 하나코의 얼굴이 어딘가 쓸쓸해 보였다. 나는 왠지 발이 떨어지지 않아 한참을 하나코의 방문 앞에 서 있다가 내 방으로 돌아왔다.

아버지의 눈을 피해 하나코에게 춤을 배웠다. 내 동작은 하나코의 말이 떨어지는 것보다 앞서 나갔다.

"리에, 급해. 아직 손끝에 더 시선을 두고 있어야지."

급기야 내가 최승희를 흉내 내어 두 다리를 쫙 편 채 뛰어오르는 모양을 본 하나코가 기겁하며 손을 내저었다.

"도대체가 의욕만 잔뜩 앞세워서는 그게 뜀뛰기지 춤이니?"

"이것도 아니고 저것도 아니면 어쩌라고. 시범이라도 보여 줘."

나는 부루퉁하니 불만을 터트렸다. 그러자 하나코가 춤을 추어 보였다. 아버지한테 맞아 가며 추던 춤이었다. 춤을 보고 있자니 날뛰던 기분이 가라앉고 억눌렸던 마음이 서서히 풀렸다.

"뭐야, 그거?"

"살풀이춤이라고. 나쁜 액을 풀어 주는 춤이야."

하나코가 아련히 먼 곳을 바라보는 얼굴로 이어서 말했다.
"한때 조선 최고의 춤꾼이 되고 싶었어. 당돌하지만 순수한 마음이었지. 그저 춤이 미치도록 좋았어. 명월관 기생이 되고 나서 눈웃음이나 흘리는 천박한 춤이라는 모멸감에 시달렸지. 그럴 바에야 차라리 장애가 있는 동생에게 도움이나 되는 게 낫겠다 싶었어. 돈 때문에 순수하게 춤을 좋아했던 마음을 버린 거지."
"동생이 있다고?"
"그래, 지금 숙부 집에 돈을 주고 부탁을 해 두었어."
하나코가 우리 집에 온 지도 벌써 7년인데 이제야 제대로 된 대화를 해 보는 것 같다. 그동안은 하나코를 멸시하며 데면데면했었다. 하나코는 나에게 세숫물을 받쳐 오고 옷을 입히며 머리를 빗기는 등의 사소한 일부터 외출할 때 동반해 시중드는 일까지 일일이 알아서 챙겨 주는 하녀일 뿐이었다. 하나코가 그 와중에 나에게 마음을 열고 다가서려 했을지도 모르지만, 나는 철저히 마음의 문을 닫아걸고 있었다.
"리에, 몸보다 마음이 먼저 움직여야 해. 춤을 추고자 하는 열정, 마음을 먼저 담으면 몸이 저절로 따라가게 되어 있어."
하나코의 말에 울컥해지면서 눈가에 물기가 차올랐다. 어릴 때, 아버지 앞에서 추던 하나코의 춤에 눈살을 찌푸리며 돌아섰지만, 사실은 작고 외로운 내 방에서 몰래 하나코의 춤을 따라 했었다. 나는 이미 오래전부터 하나코의 춤에 매료되어 있었다는 걸 인정해야 했다. 지금 내가 이처럼 춤에 빠진 건 알게 모르게 나를 이끌어 온 하나코의 춤이었을지도 모른다. 기생 춤은 천박하다는, 무조건적인 거부감이 내 마음을 가로막고 있었을 뿐이다.

"하나코는 조선 이름이 뭐야?"

뜬금없는 내 질문에 하나코가 어깨를 으쓱였다.

"홍련, 강홍련이야."

"무슨 뜻이 있어?"

"붉은 연꽃이란 뜻이야. 연꽃은 진흙에서도 더러움에 물들지 않는다는데…. 나랑 별로 안 어울리는 이름이지. 참, 리에도 조선 이름 하나 지어 줄까? 연꽃 딸이니까 연아 어때?"

나는 기가 막혀 한 소리를 했다.

"방금 안 어울리는 이름이라며."

"아, 내가 그랬지."

나는 하나코와 마주 보고 웃었다.

"하나, 두울, 세에엣…."

하나코가 낮은 목소리로 세어 주는 숫자에 내 호흡을 맞췄다. 단시간에 잘해 내고야 말겠다는 욕심이 앞서 마음만 급했다. 성급한 마음을 가라앉히고 나니 물이 흐르듯 유연하게 안정된 춤 동작이 나왔다. 오로지 춤을 추고 싶다는 일념에 땀이 비 오듯 쏟아지는 반복된 동작조차 기꺼웠다. 그만큼 나는 조선 춤에 사로잡혀 버렸다.

공연을 나흘 앞두고 진사댁 갑분 아씨 역을 맡은 여학생이 발목을 접질리며 넘어져 무대 아래로 떨어졌다.

"경선아!"

무대 밑에서 지켜보던 장우리가 이름을 부르며 떨어진 여학생에게 달려갔다. 무대 위에 같이 섰던 학생들도 뛰어 내려갔다. 삽시간에 벌어진 일이라 나는 다가서지도 못하고 멀뚱히 사태를 지켜볼 수밖에 없었다.

장우리가 뭐라고 하자, 옆에 섰던 키 큰 남학생이 쓰러진 여학생을 둘러업고 나갔다. 두어 명의 여학생이 뒤따라 나갔다.

장우리가 뭔가를 찾아 두리번거리다 놀라서 내려다보던 나와 눈이 딱 마주쳤다.

"리에, 거기 있었구나. 방금 갑분 아씨 역을 맡았던 경선이가 부상 입어서 대타가 필요해. 네가 갑분 아씨 역을 맡아 줘."

"내, 내가요? 아니, 내가 어떻게⋯."

나는 말이 안 된다는 생각에 무대 아래에 선 학생들의 얼굴을 쳐다보았다. 얼굴을 붉히거나 미간을 찌푸리던 학생들이 이내 한숨을 내쉬더니 하나둘 고개를 끄덕였다.

"그래, 리에가 맡아 줘. 누구보다 열심히 했으니 할 말이 없다."

"도도하고 자존심 센 갑분 아씨 역에 딱 맞네. 뭐, 당장 리에보다

잘할 사람도 없고 말이야."

　나는 갑자기 목이 메어 침을 꿀꺽 삼켰다. 어느새 눈가에는 눈물이 글썽였다.

　"그럼, 모두의 인정을 받은 리에가 맡는 거다."

　장우리가 나를 향해 눈을 찡긋거렸다.

　"정말 내가 맡아도 돼요?"

　"당연하지, 우리 함께 멋진 공연을 만들어 보자."

　장우리와 둘러선 학생들이 손뼉을 쳤다.

　"하나코, 이틀 후면 공연이야. 너무 설레서 가슴이 터질 것 같아. 내가 무대 위에서 춤을 춘다니…. 이게 꿈은 아니겠지?"

　나는 하나코를 붙잡고 발을 동동거렸다. 하나코에게 공연 발표일 전 마지막 연습을 봐 달라고 부탁했다.

　"하나코, 발끝을 더 세우고… 여기 이 손 부분 말이야. 칼끝같이 날카롭게 세우는 것보다 곡선으로 둥글게 처리하는 게 낫지 않아? 좀 더 우아해 보이지."

　"리, 리에…."

　내가 묻는 말에 대답은 없고 내 이름을 부르는 하나코의 목소리가 가늘게 떨려 왔다.

　"아니, 내 춤에 대해 말해 보라니까. 완벽하지 않아?"

　나는 고개를 틀다가 그만 얼어버리고 말았다.

"어! 아버…."

뒤미처 말을 잇지도 못한 채 복부에 심한 통증을 느끼며 허리가 꺾였다.

"악!"

배를 움켜쥐고 바닥으로 주저앉은 몸 위로 군홧발이 가차 없이 날아들었다.

"꺅! 소장 나으리, 제발 진정하세요."

하나코가 양팔을 벌리고 내 앞을 가로막았다.

"오오이! 조센징 기생년이 내 딸에게 더러운 짓거리를 가르치고 있었구나."

나를 향하던 아버지의 무차별적 폭력이 하나코에게 쏟아졌다. 하나코의 몸이 짓이겨진 꽃잎처럼 붉게 물들었다.

"고양이 앞에 쥐를 던져 주었더니 그 쥐가 고양이를 물들였어."

아버지는 내가 춤을 추는 것이 하나코 탓이라고 여겼다. 이대로 두었다간 아버지가 하나코를 죽일 것만 같았다. 나는 양팔과 무릎으로 정신없이 기어 아버지 앞에 머리를 조아렸다.

"아버지, 하나코 잘못이 아니에요. 제, 제가 무용이 하고 싶어요. 진심으로 춤을 추고 싶어요. 허락해 주세요. 이 길만이 제가 갈…."

나는 더 이상 말을 잇지 못했다.

"짜악!"

힘없이 얼굴이 돌아가고 터진 입안에서 피 맛이 느껴졌다.

"요시다 리에, 내가 늘 명심하라던 말을 읊어 보아라."

아버지의 목소리에는 거부할 수 없는 힘이 배어 있었다.

"나는… 자랑스러운 대일본제국 천황 폐하의 신민으로… 늘 몸과 마음을 바로 할 것이며 한치의 명예도 더럽힘이 없을 것이다."

나는 이를 악물고 겨우 말을 뱉어냈다. 목소리가 형편없이 갈라졌다.

"너는 방금 명예를 더럽히는 짓거리를 했다. 그에 합당한 벌은 죽음뿐이나 한 번의 기회를 더 주겠다. 네 방에 갇혀 천황 폐하께 어떻게 하면 죄를 씻을 수 있는지를 반성하고 있거라."

나는 겨우 고개를 들어 아버지의 눈을 바라보았다. 가문의 명예와 아버지의 체면을 더럽힌 딸을 바라보는 눈빛에는 차가운 분노만이 이글거리고 있었다.

"예, 감사합니다. 깊이… 반성하겠습니다."

나는 두 손을 가지런히 모으고 고개를 숙였다. 내 입에서 만족한 대답을 듣고서야 아버지는 집사 영감에게 하인을 시켜 나를 감시하라는 말을 남겨 두고 초조한 발걸음으로 집을 나섰다.

이대로 방 안에 갇혀 있을 수만은 없었다. 이틀 후면 공연이라는 생각에 입안이 바짝바짝 타들어 가는 것 같았다. 돈이라도 챙겨 도망칠 궁리를 하든지 뭔 수를 내야만 했다. 답답한 마음에 탁! 소리가 나도록 책을 덮고는 천천히 몸을 일으켰다. 숄을 가슴 앞으로 바짝 당기고는 조심스레 방문을 열었다. 고개를 길게 빼고는 밖을 살폈다. 다행히 하인들을 시켜 한밤까지 감시하고 있는 낌새는 보이지 않았다.

나는 발소리를 죽여 사랑채 서재로 향했다. 달큰하면서도 짙은 인동덩굴 향기에 실린 소쩍새 울음 소리가 담장을 타고 낮게 깔렸다. 나는 길게 숨을 들이켜고는 두 손에 바짝 힘을 주어 소리가 나지 않게 서재 문을 밀었다.

"하, 하나코! 어떻게 여기…."

나는 서재에 있으리라고는 생각도 못 한 하나코를 보고 비명이 새어 나오려는 입을 얼른 닫았다.

"하나코, 지금 뭐 하는 거야?"

하나코는 엄마의 사진액자로 교묘하게 가려 둔 금고를 열고 그 안에 든 금붙이며 지전(종이돈)을 꺼내 들고 있었다.

"네 아버지의 성정상 비밀번호는 금방 알아내겠더라."

"그래서? 그걸 왜 꺼내 든 건데? 도망이라도 가게?"

왠지 모를 먹먹함에 쉰 목소리가 나왔다. 하나코가 말없이 다가와 손에 든 것을 내 손에 쥐여주었다.

"곧 공연이라면서 맞고만 있으면 어떡해. 무슨 핑계를 대서라도 피했어야지. 얼굴이 이리 부어터져서 혼인을 앞둔 진사댁 아가씨 같겠냐고."

하나코가 안쓰러운 눈빛으로 내 뺨을 감쌌다.

"도망은 네가 가야지. 숙부 집 주소를 알려 줄 테니까 우선은 거기로 몸을 피해 있다가… 공연은 하고 봐야지. 집에 붙잡혀 있을 순 없잖아."

하나코의 말에 눈이 휘둥그레졌다. 손에 쥐여준 걸 보다가 하나코의 얼굴을 뚫어지게 바라보았다.

"뭐 해? 어서 나가야지."

하나코가 내 손을 잡아끌었다.

"하, 하나코. 아버지가 아시면 어쩌려고?"

"뭘 어째? 나는 모르는 거야. 리에도 여기 들어온 걸 보니 도망갈 궁리가 있었구나 싶어서 다행이야. 그 정도 강단은 있어야 춤을 출 자격이 되지."

어느새 대문 앞이었다. 하나코가 내 어깨를 떠밀었다.

"그럼, 같이 가."

나는 남겨질 하나코가 걱정되어 발길이 떨어지지 않았다.

"둘 다 없어지면 대번에 눈치를 챌 거야. 리에가 공연을 무사히 마칠 때까지 어떻게든 막고 있을 테니 다른 생각 말고 첫 공연 잘해."

대문을 열어 준 하나코가 나를 밖으로 내치고는 문을 닫았다. 나는 눈물을 삼키고는 그대로 등을 돌렸다. 오직 공연만을 생각하며 어둠 속을 달렸다.

객석에 서서 무대를 올려다보았다. 무대 위를 비추는 여덟 개의

조명 빛이 이쪽저쪽으로 분주하게 움직였다. 내가 무대 중앙에 서면 저 불빛은 온전히 나를 비추며 따라올 것이다. 가슴이 쿵쿵 뛰었다.

"리에, 일찍 나왔네. 잠은 잘 잤어?"

장우리였다. 가슴 앞에 장구를 걸고 한 손에는 장구채를 들고 있었다.

"아, 이거. 음향만으로는 뭔가 부족하다 싶어서 실제 장구와 북을 응용해 보려고. 자진모리장단 때 흥을 돋워 관객의 호응을 얻어 내기도 좋을 것 같아서 말이야."

장우리가 무대 한쪽에 장구를 풀어 올려 두면서 심각한 표정을 지었다.

"그나저나 오다가 벽보 봤어? 분위기가 심상치 않은 것 같지?"

'1945년 8월 15일, 금일 정오 중대 방송. 1억 국민 필청'이라는 벽보가 경성 시내 곳곳에 붙어 있었다. 무슨 중대 발표인지 짐작도 되지 않아 나는 슬며시 고개를 저었다. 1시 공연에만 별다른 영향을 주지 않으면 좋겠다는 생각뿐이었다.

"벌써 정오가 다 됐네. 분장실에 주먹밥 준비해 두었으니 먹고 의상 갈아입어. 공연 전에 최종 연습해 보게."

나는 장우리와 함께 분장실로 이동했다. 분장실에는 공연에 참가할 학생들이 옹기종기 모여 앉아 주먹밥을 먹고 있었다. 성격 급한 이는 이미 배역 의상으로 갈아입고 대사를 연습하고 있었다. 나는 너무 떨려서 공연 전에 뭘 먹었다가는 체할 것만 같았다. 분장실 한쪽에 걸어 둔 갑분 아씨 의상을 들고는 커튼이 쳐진 곳으로 들어가 옷을 갈아입었다. 거울 속에서 초록 저고리에 다홍치마를 입은 진사댁 아가씨가 새초롬하게 노려보고 있었다. 잔뜩 긴장된 모습이었다.

'그래, 지금부터 나는 갑분 아씨야.'

가슴에 손을 얹고 마음을 가라앉힌 후 커튼을 걷고 나갔다. 그새 단원들은 최종 연습을 하러 나갔는지 보이지 않았다. 나도 무대로 나가 보았다. 이상하게도 무대 조명이 꺼져 있었다. 단원들은 무언가 초조한 얼굴로 무대 뒤쪽에 올려 둔 라디오에 귀를 기울이고 있었다.

이윽고 라디오에서는 무조건 항복을 고하는 천황 히로히토의 목소리가 흘러나왔다. 생방송이 아니라 전날 미리 녹음해 둔 것이었다.

"이, 이게 무슨 일이야? 사실이야?"

얼마간의 침묵이 이어지고 단원들이 웅성거리기 시작할 때였다. 극장 밖에서 확성기 소리가 울렸다.

"조선 동포 여러분, 일본이 무조건적으로 연합국에 항복을 했습니다."

단원들이 서로의 얼굴을 쳐다보았다. 그리고 누가 먼저랄 것도 없이 극장 밖으로 뛰쳐나갔다.

"대한 독립 만세! 해방이다!"

사람들이 목청껏 외치는 소리가 극장 안으로 밀려 들어왔다. 나는 그대로 굳어서 무대 중앙에 멍하니 서 있었다. 아버지의 일촉즉발 분노에 찬 얼굴과 초조한 발걸음이 떠올랐다. 아마도 아버지는 일본의 패망을 예감하고 있었을 것이다.

장우리가 단원들을 따라 극장 밖으로 나가려다 얼핏 나를 돌아보았다. 나와 눈이 마주치자, 몸을 돌려 다가왔다. 의아하게 쳐다보는 나를 힘껏 한번 껴안아 주고는 그 역시 극장 밖으로 달려 나갔다.

조명이 꺼진 깜깜한 무대 위에 홀로 우두커니 서 있었다. 나는 객석을 내려다보았다.

"공연 십 분 전인데 관객이 하나도 없네."

혼잣말이 허탈하게 비어져 나왔다. 하나코가 내 맘대로 몸을 움직이려 할 때마다 했던 말이 떠올랐다. 춤은 혼자 추는 게 아니라던 말이 같이 공연할 무용가들과 호흡을 맞춰야 하는 줄 알았다.

"이제 보니 관객이 지켜봐 줘야 한다는 말이었구나."

관객이 내 춤에 감동해서 환호성을 내지르고 박수갈채를 보내는 꿈을 꾸었다. 내가 해월회의 연극 공연에서 받았던 벅찬 감격을 이번에는 내가 나눠 주고 싶었다.

"이대로… 퇴장해야 하는 거야?"

나는 무릎이 꺾이며 무대에 주저앉고 말았다. 어금니를 악물고 참으려 했지만, 눈물이 후드득 떨어져 손등을 적셨다.

"리에! 어디 있어?"

관객석 문이 벌컥 열리며 하나코가 들어섰다.

"이 바보 천치야! 달아나야지. 뭐 하고 있어?"

나는 잠시 눈을 의심했다. 눈을 비비고 머리를 젓고 보아도 틀림없는 하나코였다.

"하나코, 여긴… 어떻게 온 거야?"

하나코가 무대 위로 뛰어올라 내 어깨를 부여잡았다.

"잘 들어. 요시다 소장은 자결했어. 리에는 서둘러 짐을 챙겨 인천 항구로 가야 해. 잔류 일본인들을 실을 배가… 일본으로 가는 배가 뜰 거야."

하나코는 더 이상 말할 시간 없다며 내 손을 잡아 일으켰다. 패전 후 무장 해제한 일본군들은 본국으로 돌아가기 위해 항구로 이송되었단다. 패망으로 충격에 빠진 일본인들에게도 한시바삐 본국으로 귀환하라는 명이 내려졌고 말이다.

"아! 아버지가 자결을…. 참으로 아버지다운 선택이네. 흑흑."

그래, 아버지라면 조선 땅에 혼자 남겨질 딸에 대한 염려보다도 자신의 명예가 몇 배는 중했을 것이다. 그토록 나에게 엄하고 무서웠던 아버지였지만 가슴 한쪽이 무너져 내리는 슬픔은 어쩔 수 없었다.

"어서 일어나. 리에, 조선인들이 네 존재를 알게 되면 가만두지 않을 거야. 일본으로, 네 본가로 돌아가야 안심이 되지."

하나코가 이마에 맺힌 땀방울을 소맷부리로 닦아내며 나를 바라보았다. 나를 찾아 얼마나 급히 달려왔는지 단정하게 쪽을 지던 머리가 쑥대머리가 되어 있었다.

"일본으로 돌아가면 거기 내 가족이 있어? 친구가 있어? 아니면 내 꿈이 있나?"

나는 하나코의 손을 잡아 내리고는 눈물을 훔쳤다. 나는 조선에서 나고 자랐다. 이 조선에 스승이자 어머니인 하나코가 있고 나를 인정해 준 친구가 있다. 이제 막 꽃봉오리를 피운 내 꿈이 있다. 춤 앞에서 도망치는 일은 결단코 없을 것이다.

하나코의 입이 크게 벌어졌다.

"무슨 소리야? 리에, 설마 조선에 남겠다는 건 아니지?"

나는 하나코에게 활짝 웃어 보이고는 무대 뒤쪽으로 걸어갔다. 조명 장치를 작동해 불을 켰다. 그리고 천천히 무대 중앙으로 걸어 나왔다. 조명 불빛이 교차하며 캄캄하던 무대가 살아났다.

"하나코도 꿈이 있었잖아. 조선 최고의 춤꾼이 되고 싶었다고 했지. 내가 그 꿈 대신 이뤄 줄게. 아니, 우리 함께 이루자. 하나코가 내 스승이자 어머니잖아. 나를 끝까지 이끌어 줘야지."

나는 양손으로 치맛자락을 잡고 하나코를 향해 깊게 고개를 숙였다. 유일한 관객에게 공연 시작을 알리는 인사였다.

내가 하는 양을 놀란 토끼 눈으로 지켜보던 하나코가 고개를 돌리고는 옷고름으로 킁 하고 코를 풀었다.

"그래, 오늘은 리에의 첫 공연 날이지. 춤에 장단이 빠져서야 제대로 흥이 나겠어?"

빨개진 눈을 한 하나코가 무대 옆에 자리를 잡고 앉았다. 장우리가 놓고 간 장구를 끌어다 앞에 두고는 장구채를 들어 올렸다.

"뚜당 뚜당 뚜다당, 얼쑤!"

나는 양팔을 벌리고 허공에서 발끝을 부딪치며 날아올랐다. 학이 꼿꼿이 고개를 들고 날개를 펴듯, 너울너울. 무대를 세상 삼아 한 바퀴를 돌고, 또 한 바퀴를 돌았다. 돌 때마다 이전의 틀에 얽매여 있던 내가 잊혔다. 요시다 리에가 멀어져 갔다.

지금, 이 순간 조선의 독립도, 내가 누구라는 것도, 여기가 어디라는 것도, 무엇도 떠오르지 않았다. 내가 춤이고 춤이 나였다.

"뚜다당당 뚜당뚜당 뚜당뚜 당뚜당."

하나코가 치는 장구 소리가 자진모리장단으로 흥을 높였다.

작가의 말

　AI가 구현해 낸 독립운동가들이 현시대에서 평범한 일상을 보내는 사진을 봤습니다. 사진 속에서 유관순 열사는 교복을 입고 친구들과 떡볶이와 튀김을 먹고 있었어요. 열여덟 나이에 순국한 유관순 열사의 해맑은 미소에 가슴이 뭉클했어요.
　일제강점기를 살던 청소년들에게도 평범한 일상이 있었겠죠. 가족들과 함께 밥을 먹고 친구들과 소풍을 가고 좋아하는 음악을 들으며 책을 읽는 소중한 일상이. 그 가운데서 자신이 하고 싶은 일과 꿈을 좇으며 살아갔을 거예요. 이 시대를 살아가는 우리 청소년들과 마찬가지로요.
　올해로 광복 80주년을 맞이했습니다. 가만히 눈을 감고 1945년 8월의 여름 속으로 달려가 보았어요.
　녹음이 우거진 날, 발끝을 세우고 양팔을 학처럼 펼치며 숨을 고르던 소녀를 만났습니다. 독립의 날에도 자신을 옭아매던 것들에서 벗어나 꿈을 좇으며, 그것이 자신의 독립이라 여겼던 소녀입니다. 소녀를 통해 그 시대의 일상 가운데 함께 꿈을 이뤄 가며 때론 아프게, 때론 벅차게 살아간 청소년의 이야기를 들려주고 싶었어요.

결국 이야기하고 싶은 건 일제강점기에도, 지금도 우리는 일상을 사랑하며 꿈을 꾸며 꿈을 이루기 위해 자신만의 삶을 선택하며 살아간다는 거예요.

80년 시간이 흐른 지금, 녹음은 여전히 짙습니다. 여러분의 일상이 다채롭게 빛나기를, 꿈을 향해 한 걸음씩 나아가기를 응원합니다.

동물원의 밤

이
지
혜

이지혜 한문교육을 전공한 후, 중학교에서 아이들을 가르치고 있다. 재미와 의미가 있는 이야기를 쓰고 싶어서 JY스토리텔링아카데미에서 공부하며 청소년과 어린이들을 위한 글을 쓰고 있다.

"이봐 이봐, 바보 바보."
 앵무새가 자신이 할 줄 아는 유일한 사람 말을 재잘댔다. 성하는 마치 자신을 놀리는 것 같아 기분이 썩 좋지만은 않았다.

 조금 전, 청소하기 위해 코끼리사(舍)에 들어섰을 때였다. 코돌이가 힘없이 옆으로 쓰러져 있다가 성하를 보더니 몸을 일으켜 귀를 펄럭였다. 기다란 코로 성하의 머리를 부드럽게 쓰다듬는 것도 잊지 않았다. 기분이 좋다는 뜻이었다. 성하가 나뭇가지 더미를 앞에 내려놓자, 코돌이는 허겁지겁 먹기 시작했다.
 "얼마 못 가져왔어. 그래도 맛있게 먹어."
 원래 수컷인 코돌이는 코순이라는 암컷 코끼리와 함께 생활했다. 사이가 좋은 둘을 보고 성하는 코돌이, 코순이라는 이름을 붙여 주었다. 그러나 1년 전쯤 코순이는 굶주림을 이기지 못하고 죽고 말았다. 사육사들이 사체를 치우려고 하자 코돌이는 코를 휘두르며 근처에 오지 못하게 했다. 그러고는 밤새 그 옆에서 코순이의 몸을 코로 끌어안고 어루만져 주었다. 그 이후로 한동안 먹이도 먹지 않고 슬픔에 빠져 있는 코돌이를 지극정성으로 돌본 것 또한 성하였다. 그런 코돌이가 다시 먹기 시작한 게 얼마 되지 않았는데 먹이를 아예 주지 말라니. 성하는 말도 안 되는 상부의 지시를 털어내려는 듯 머리를 가볍게 흔들고는 코돌이가 먹는 모습을 흐뭇하게 지켜보았다. 그때, 고함치는 소리가 들렸다.

"뭐 하는 짓이야?"

초식동물 총괄 사육사 마코토였다. 그는 다짜고짜 성하의 뺨을 연거푸 때리면서 말했다.

"조센징은 한 번 말하면 못 알아듣나? 어째서 네깟 놈이 코끼리에게 먹이를 주고 있는 거야? 감히 명령을 어겨?"

본인 화에 못 이긴 마코토의 주먹과 발길질이 더 세질 즈음, 코돌이가 '뿌우' 하며 낮게 우는 소리를 냈다. 화가 났다는 표시였다. 그 소리에 정신을 차린 마코토가 마지막으로 성하의 배를 걷어찬 다음 씩씩대며 나갔다.

"한 번만 더 이런 일이 생겼다가는 불령선인(불온하고 불량한 조선인)으로 낙인찍어 아예 동물원에 발도 못 들이게 할 거야. 명심해!"

성하는 아직도 얼얼한 뺨을 어루만졌다. 닭아도 눈물이 계속 흘렀다. 맞은 자리가 아파서도, 억울해서도 아니었다. 이곳에서 일한 지도 벌써 2년, 어차피 동물보다 못한 조선인 취급을 받은 것이 하루이틀 일도 아니었다. 성하가 눈물을 멈출 수 없는 건 자신을 쳐다보던 코돌이의 슬픈 눈이 계속 떠올라서였다.

사흘 전부터 창경원 동물원 내 모든 동물에게 아예 먹이를 주지 말라는 명령이 떨어졌다. 처음에는 사육사들도 반발했지만, 본국(일본) 상부의 명령이라는 말에 어쩔 수 없다는 듯 수그러들었다. 하지만 성하는 도저히 그 명령이 이해되지 않았다.

물론 요즘 상황이 좋지 않은 것이 사실이었다. 모든 식량과 물자가 전쟁에 총동원되고, 식량난이 심해져 사람이 먹을 것도 부족한 형편이었다. 동물들의 먹이 또한 많이 줄어들어 동물원 사람들의 걱정이 이만저만이 아니었다. 그런데 아예 동물에게 먹이를 주지 말라니, 굶겨 죽이기라도 할 심산인가. 식구처럼, 자기 자식처럼 보살피던 동물들을 이렇게 비참하게 죽음으로 내몰고 있는 사육사들이 비정하게 느껴졌다. 그래서 퇴근 후에도 밖에서 풀을 베고, 나뭇가지를 모으고, 벌레를 잡아다가 다른 사육사들의 눈을 피해 먹이를 챙겨 주었다.

히로키 사육사가 다가오는 소리가 들렸다. 성하는 얼른 눈가를 훔치고 인사를 했다.

"사육사님, 오셨습니까?"

"그래, 몹시 아픈가? 좀 전 일에 대해 들었어. 너무 마음에 담아두지 말게. 표현은 그렇게 해도 다들 자네와 같은 심정이야."

성하는 그 말에 마음이 풀어져 평소처럼 어리광을 피우듯 마음에 있던 말을 쏟아냈다.

"하지만 사육사님, 진짜 너무들 합니다. 저렇게 갇혀 있어도 알 것 다 아는 영물 아닙니까? 그냥 저렇게 놔둘 수는 없습니다."

"더 이상 선을 넘지 말게. 자네는 관여할 바 아니니 조류사를 깨끗하게 청소한 후 퇴근하도록."

히로키의 언성이 좀 더 높아졌다. 전에 없이 날카로운 얼굴과 차가운 말투였다. 성하는 서운함을 넘어 마음이 서늘해졌다. 동물원에서 자신을 따뜻하게 대해 주는 사람은 히로키뿐이었다. 다른 사육사들이 괴롭히고 멸시의 말을 일삼아도 히로키는 동물을 대하는 성하의 진심을 알아주었다. 이곳에서 사육사 보조로 일을 시작하게 된 것도 히로키 덕분이었다. 동물에 관한 한 성하와 마음이 항상 같았다. 그런 그가 자신을 꾸짖고 있었다.

성하는 히로키의 냉정한 뒷모습을 멍하니 바라보았다. 그때 그의 어깨 너머 먼 곳에서 검은 연기가 피어오르는 게 보였다. 소각장에서 나는 것이다. 며칠 전부터 창경원에 있는 관리들이 부지런히 서류들을 가지고 가서 태우고 있다. 평소와는 다른 명령, 평소와는 다른 히로키의 태도. 그 두 가지가 저 검은 연기처럼 뒤엉켜 성하의 마음을 어지럽혔다. 분명 심상치 않은 일이 일어나고 있다. 성하는 어지러운 마음을 쓸어내리는 듯 빗자루로 더 세차게 마른 바닥을 쓸었다.

마침, 공작이 '차르르' 소리를 내며 깃털을 한껏 펼쳤다. 그때처럼, 앞에서 난영이가 그림을 그리고 있는 것만 같았다.

*

1년 전쯤, 매일없이 조류사에 찾아와 그림을 그리던 소녀가 눈에 띄었다. 고운 양장을 입고, 풀물이 들지 않도록 짙은 쪽빛 천을 깔고 앉아 몇 시간이고 그림을 그리곤 했다. 왜가리, 홍학, 앵무…. 그중에서도 소녀가 가장 공을 들여 그리는 것은 공작이었다. 깃털의 오묘하고도 다채로운 색을 그대로 표현하는 것을 보고, 성하는 저도 모르게 뒤에서 기웃거리며 그림을 구경했다.

그때, 난영이 먼저 말을 먼저 걸어 왔다.

"새들을 실컷 볼 수 있으니 좋겠어요."

"새를 실컷 보는 건 그쪽인 것 같은데요. 저야 새똥 치우고 먹이 주고…."

그림을 훔쳐보던 걸 들켰다는 생각에 성하는 저도 모르게 퉁명스럽게 말했다. 그런데 난영은 그 말에 오히려 웃었다. 붉은 입술에 가지런한 치아로 말갛게 웃는 그 모습을 보고 성하의 얼굴이 빨개졌다. 그날 이후 열여섯 동갑이라는 걸 알게 된 둘은 동무가 되었다.

"공작은 저 깃털 때문에 고고하고 특이한 품종 같지만, 닭과 생태적 특성이 비슷해."

"어머 정말? 그러면 공작새도 잘 못 날아?"

"아니, 멀리는 아니어도 꽤 높은 곳까지 날아다닐 수 있어. 야생에서는 나무와 나무 사이를 날아다닌대."

성하가 새들의 특성, 버릇 같은 것들을 이야기하면, 난영은 두 눈을 반짝거리며 더 듣고 싶어 했다. 제일 좋아하는 그림을 그릴 때와 똑같은 눈빛이었다. 그 눈빛이 계속 보고 싶어 성하는 일을 하다가도 주변을 기웃거리는 버릇이 생겼다. 난영에 대한 마음은 커져만 갔다.

가을과 겨울이 지나고 어느덧 벚꽃의 계절이 돌아왔다. 성하는 그동안 모은 돈을 헤아려 보았다. 이 정도면 난영에게 줄 지환(指環, 반지)을 살 수 있을 것 같았다. 연모하는 사람에게 지환이나 목걸이를 주며 그 뜻을 전하는 게 유행이라고는 하지만 성하는 단순히 유행을 따르려는 게 아니었다. 아직은 일본인 밑에서 일하는 사육사 '보조'에 불과하지만 언젠가 사육사로서 당당히 난영 앞에 서는 날까지 열심히 하겠다는 징표이기도 했다.

항상 북적거리는 종로 거리를 지나 화신백화점으로 들어갔다. 곧장 귀금속을 파는 상점으로 향했지만, 화려한 건물 내부에 들어서자 걸음이 자연스럽게 떼지지 않았다. 게다가 주인의 못마땅한 시선을 받으니, 주눅이 들었다. 아무래도 성하의 옷차림이 양복을 쫙 빼입은 모던보이의 모습과는 거리가 멀었기 때문이었다. 그래도 난영을 생각하며 용기 내 물어보았다.

"저… 여인이 할 만한 장신구는 무엇이 있을까요?"

"아무래도 여인의 마음을 사로잡으려면 금강석(다이아몬드) 반지가 최고지요. 사파이어나 에메랄드도 잘 나가고. 자, 이쪽으로 오시오."

번쩍거리는 보석들로 가득 찬 유리 진열장을 찬찬히 둘러보았다. 역시 빛에 따라 반짝이는 금강석이 제일 눈에 띄긴 했지만, 웬만한 조선인은 엄두도 못 낼 가격이었다. 그때 성하의 시선을 사로잡은 지환이 있었다. 연한 초록색 바탕에 짙은 초록색의 선들이 물결치듯 어우러져 있는 신비로운 보석이었다. 난영에게 잘 어울릴 것 같았다.

"이 지환 좀 보여 주세요."

"아! 손님 보는 눈이 탁월하시군요. 이 두 번째 줄 끝에 있는 이것 말입니까?"

점원은 진열장에서 성하가 가리킨 지환을 집어 들었다.

"이 지환에 올려져 있는 보석은 공작석으로 만든 것입니다. 공작의 깃털에서 보이는 무늬와 색을 닮아 그렇게 불리죠. 공작석은 나쁜 기운을 막아 준다는 의미도 있습니다. 각도에 따라 빛을 머금은 이 모습이 아주 고급스럽죠? 받는 분이 아주 좋아하시겠어요."

마침, 고른 것이 공작석이라니, 단박에 눈길을 사로잡은 이유가 이것이었구나 싶었다. 난영에게 건네며 이런 사연을 설명할 생각에 마음이 벌써 부풀었다. 지환은 6개월 치 품삯을 꼬박 다 낼 정도로 꽤 값이 나갔지만 개의치 않았다. 난영을 위해서라면 더한 것도 해 줄 수 있었다.

그러고도 사흘이 지났다. 매일없이 오던 난영이 갑자기 발길을 하지 않아 애가 탔다. 마침내 난영이 오던 날, 그림을 다 그릴 때까지 그 주변을 서성거렸다. 그리고 난영이 자리에서 일어나 그림 도구들을 정리할 때, 용기를 내 말을 꺼냈다.

"난영아, 오늘 밤 벚꽃 구경 갈래?"

자신의 목소리가 저 멀리서 들리는 것 같았다. 잠시 망설이던 난영이 끄덕였다. 성하는 날아갈 것 같은 마음을 간신히 붙잡고 평소처럼 말하려고 애썼다.

"그럼, 이따 일곱 시에 봐!"

해가 저물 때까지 어떻게 시간이 지나갔는지 알 수 없었다. 제대로 축사를 치우지 않았다고 마코토에게 정강이를 걷어차였고, 히로키 사육사도 평소와 다르게 덜렁거린다며 주의를 주었다. 성하는 그 모든 꾸지람도 즐겁게 느껴졌다. 퇴근 후 냄새나는 작업복을 벗고, 옷을 갈아입은 후 창경원 입구에서 기다렸다.

잠시 후, 연분홍 원피스를 입은 난영이 나타났다. 벚꽃처럼 해사

한 모습이었다. 온화한 밤공기가 둘을 부드럽게 감싸고, 흐드러지게 핀 벚꽃이 나란히 걷는 두 사람을 비추는 것 같았다. 평온하고 들뜬 분위기와는 달리 성하의 머릿속은 복잡했다. 주머니 속에 있는 지환을 만지작거리며 언제 주면 좋을지, 주면서 뭐라고 해야 할지 생각하느라 정신이 없었기 때문이다. 난영 역시 입을 꼭 다물고 고개를 숙이고 걸었다. 성하는 난영이 어색하고 쑥스러운 모양이라고 생각했다. 한참을 말없이 걷다가 침묵을 깬 건 난영이었다.

"난, 성하가 좋아."

뜻밖의 고백에 성하의 마음은 부풀다 못해 터질 것만 같았다.

"처음에 동물원에 왔을 땐, 정말 새를 보러 왔었어. 우아하고 가벼운 자태가 좋았거든. 뒷짐 지고 여유롭게 걷는 듯한 그 모습도 좋았고. 그런데 매일 와서 보니까 새들이 딱하게 느껴지더라. 새뿐만 아니라 이 동물원에 있는 동물이 다 그렇게 느껴졌어. 온 산과 초원을 자유롭게 다니던 녀석들이었는데 쇠창살 안에 갇혀서 제자리를 맴돌며 하루하루를 보내고 있잖아. 저 뜻대로 살지 못하는 게 꼭 나 같고, 우리 조선의 처지같이 느껴졌어."

난영이 성하를 똑바로 바라보며 계속 이야기했다.

"그런데 그런 동물들을 정성껏 돌보고 진심으로 대하는 사람이 있더라. 그런 사람 덕에 동물들이 그나마 숨을 쉬며 살겠구나, 다행이다 싶었지. 그게 바로 너였어."

성하는 잠자코 듣고만 있었다. 사실 성하는 조선이라느니 독립이라는 것에 대해 그다지 깊이 생각해 본 적이 없었다. 어차피 조국이라는 건 태어날 때부터 없었기에 되찾아야 할 필요성도 딱히 못 느꼈달까. 어렸을 때부터 내지인과 반도인의 차별은 당연했고 익숙했다. 수재 소리를 듣던 형은 출세를 해보겠다며 일찌감치 유학길을 택했고, 성하는 비록 온갖 허드렛일을 하며 욕을 듣는 게 다반사인 사육사 보조일 뿐이지만, 난영의 말대로 동물들을 돌보고 마음이 통하는 그 순간들이 좋으면 그뿐이었다. 그런데 난영은 도대체 무슨 말을 하려는 걸까. 일본인 못지않게 누리고 사는 명문가 집안의 딸이 무엇을 뜻대로 하지 못한다는 걸까.

이어진 난영의 말이 성하를 그 자리에 얼어붙게 했다.

"나… 다음 달에 시집가. 그것도 일본인에게. 내 의지와는 상관없이 말이야."

성하는 심장이 쿵 떨어지는 것 같았다. 더 이상 벚꽃길이 낙원처럼 느껴지지 않았다. 캄캄한 어둠 속 길을 걷는 것처럼 자꾸만 눈앞이 흐려졌다. 둘은 무거운 마음을 안고 다시 말없이 난영의 집까지 걸었다. 어느덧 대문 앞에 도착한 두 사람은 선뜻 헤어지지 못하고 망설이고 있었다. 마침내 난영이 가방에서 무언가를 꺼냈다. 성하가 받아 펼쳐 보니, 전에 그렸던 것보다 더 크고 화려한 공작이 그려져 있었다.

"공작의 깃털을 하나하나 그리면서 널 생각했어. 그리고 나답게 살 수 있는 방법이 무엇인가를 생각했지. 동물원의 새들을 언젠가 꼭 자유롭게 해 줘."

　난영은 그 말을 마지막으로 대문 안으로 사라졌다. '철커덕'하고 문 닫히는 소리가 들리자, 성하의 주변은 한층 컴컴하고 어두워진 느낌이었다. 성하는 한 손에는 난영이 건네준 그림을, 다른 손에는 난영에게 주지 못한 공작석 반지를 쥐고 한참을 서 있었다. 그러다 결심한 듯 조금 뒤로 물러서서 반지가 든 비단 천을 꽉 쥐었다가 난영의 집 안쪽으로 던졌다. 오랫동안 품고 있던 마음을 이렇게나마 전하고 싶었다. 비록 상상과는 너무나 다른 현실이었지만 자신의 마음이 난영에게 가닿기를 바라며.

　가슴속이 꽉 막힌 것처럼 답답하고 뜨거운 것이 올라와 이대로 가만히 있을 수 없었다. 난영과 함께했던 짧은 벚꽃놀이의 행복했던 순간이 순식간에 괴로운 기억으로 바뀌어 성하는 걷고, 또 걸었다.

　발길 가는 대로 걷다 보니, 어느새 다시 창경원 앞에 와 있었다. 여기는 원래 화려한 궁궐이었다고 했다. 궁궐을 개조해 창경원이라고 이름 붙인 지 벌써 30년이 넘었다. 사람들은 이곳을 별천지, 낙원이라는 말로 묘사했다. 봄날의 벚꽃길을 걸으며, 진귀한 동물과 식물들 그리고 옛 왕가의 귀한 물건들을 구경하며 사람들은 고단한 현실을 잊었다. 좀 전까지 성하의 완벽한 낙원이던 곳이다. 아직도 벚꽃놀이의 열기는 식지 않은 듯 사람들로 북적거렸다.

난영과 함께했던 벚꽃은 그 어느 때보다 쉬이 사그라들었다. 얼마 지나지 않아 동물원에는 더욱더 불안한 기운이 덮쳐 왔다. 동물이 죽어 나간 빈 우리의 쇠창살까지 뜯어 갔고, 너구리와 오소리가 죽었는데도 바로 땅에 묻지 않고 가죽을 벗겼다. 전쟁 물자로 쓰기 위해서였다. 사육사들은 직접 화단에 식물을 심고, 벌레를 잡아 초식동물들에게 부족한 먹이를 채웠다. 심지어 곧 죽음을 앞둔 초식동물은 맹수들의 우리에 던져졌다. 이럴 바에는 일본인들에게 무시당하면서 살더라도 일본이 차라리 전쟁에서 이기는 게 더 나을지도 모른다고 생각했다. 성하의 낙원은 그렇게 무너지고 있었다.

*

마음도 동물원의 상황도 어지러워 쉬이 잠들 수 없는 밤이 지나고, 이튿날 평소처럼 축사를 청소하고 있을 때였다. 오카다 주임이 다소 다급한 모습으로 성하를 불렀다.
"성하, 이리 와 보게. 지금 네가 맹금사 쪽으로 가서 손을 보태야겠어."
"제가요?"
"하, 조센징들은 말을 꼭 두 번씩 해줘야 하나?"
"아닙니다. 바로 가겠습니다."
맹금사의 일을 도우라니? 성하는 하룻밤 새에 하늘과 땅이 바뀌었나 싶었다. 원래 성하가 맹수사 근처만 얼씬거려도 뭐라고 하던 사람들이었다. 조선인에게 맹수를 다루는 일을 맡기면 일본인에게 앙심을 품고 함부로 우리를 열지도 모른다는 이상한 이유에서였다. 이상한 일은 하나 더 있었다. 히로키 사육사가 아침에 관리실 열쇠를 맡긴 것이다. 날씨가 쉬이 더워지니 관리실 안에 들어가서 쉬라는 것이었다.

'드디어 나를 알아봐 주는 건가?'

묘하게 가슴이 두근거렸다. 사육사의 길에 한 단계 더 가까워지는 것 같아 기분이 좋았다. 성하는 준비실로 한달음에 달려갔다.

"왔습니다."

"어이, 꾸물거리지 말고 이리 와. 여기 닭을 먹기 좋은 크기로 토막 내서 이쪽에 놓으면 돼. 서두르지 않으면 가만두지 않겠어."

준비실에 모여 있는 사육사와 그 앞에 쌓인 고기를 보고 성하는 깜짝 놀랐다. 불과 어제까지 먹이를 전혀 주지 말라며, 어기면 동물원에 아예 발을 못 들여놓겠다고 엄포를 놓고는 오늘 갑자기 맹수들에게 줄 고기를 손질하라니. 이게 무슨 일인가 싶었다. 하지만 깊이 생각할 시간이 없었다. 굶주린 맹수들에게 어서 먹이를 챙겨 주어야 했다. 오늘 성하는 밥을 먹지 않아도 배부를 것 같았다.

"다쓰로 사육사님, 고기가 진짜 신선한 것 같습니다. 요즘 같은 때 어떻게 구하셨습니까? 아이들이 좋아하겠는데요?"

평소 같으면 말도 못 걸었을 테지만 신이 난 성하는 먼저 말을 걸었다. 항상 성하에게 주먹을 날리기 일쑤였던 다쓰로가 웬일로 성하를 노려볼 뿐 아무 말도 하지 않았다. 성하도 분위기에 눌려서 슬그머니 입을 다물었다.

성하가 먹기 좋게 토막 낸 고깃덩어리를 한쪽에 차례대로 내려놓자 사육사들이 흰 약을 곱게 빻아 먹이 위에 뿌렸다.

"사육사님. 이게 뭔가요?"

사육사들은 대답하지 않았다. 성하는 속으로 생각했다.

'그래, 조선인에게 가르쳐주기 싫다는 말이지?'

영양제나 항생제일 거로 추측했다. 동물들에게 약을 먹일 때 그렇게 하는 모습을 어깨너머로 본 적이 있기 때문이다. 성하는 약들을 약장에 놓는 위치를 잘 눈여겨보았다. 나중에 이름을 알아낼 심산이었다. 그런데 먹이에 약 뿌리기를 끝낸 사육사들이 성하를 불렀다.

"성하! 이 그릇들을 우리 안에 차례차례 배분해."

성하는 믿을 수 없었다. 먹이 준비뿐 아니라 배식까지 할 수 있게 해 주다니. 게다가 자신들은 동물들을 외부 우리로 내보낸 뒤 내부 축사를 청소하겠다고 했다. 갑자기 많은 일을 순순히 맡기는 사육사들을 보고 성하는 신이 났다. 기쁜 마음으로 사자, 표범, 삵 등의 축사 가운데 먹이통을 놓아둔 후 우리 바깥으로 나왔다. 그러자 외부에 있는 축사로 동물들이 차례대로 나왔다. 굶주렸던 동물들이 킁킁 냄새를 맡자마자 허겁지겁 먹기 시작했다. 창살 너머 그 모습을 지켜본 성하는 지금 이 순간을 오래도록 간직하고 싶었다.

그런데 어느 순간 처음 듣는 비명이 들렸다. 놀라서 쳐다보니 성하가 준 먹이를 먹은 동물들이 고통스러운 표정으로 울부짖었다. 비명뿐만 아니었다. 피를 토하고 경련을 일으켰다. 성하는 우리 앞으로 다가갔지만 더 이상 어쩌지 못하고 발만 동동 굴렀다. 성하는 사육사를 찾아다녔다.

"사육사님! 사육사님! 여기 좀 와 보세요. 동물들이 이상해요."

아무리 불러도 대답이 없었다. 동물들의 괴성으로 아수라장이 된 축사를 두고 사육사들이 하나도 보이지 않았다. 급한 대로 작은 동물들에게 다가가 뻣뻣한 다리를 문지르며 마사지를 했다. 그러나 그들의 몸은 그대로 굳어 갔다. 피를 질질 흘리고 거품을 물고 있는 동물들의 모습은 차마 눈을 뜨고 볼 수 없었다. 이제 성하도 물불 가리지 않고 소리를 질러댔다.

"마코토! 다쓰로! 여기 좀 와 보라고. 여기 다 죽어간다고!"

몇 시간 뒤, 성하는 땀범벅에 눈물범벅인 채로 맹수사 앞에 망연자실 앉아 있었다. 그때 다가오는 누군가의 기척이 들렸다.

"다 끝났나?"

오카다 주임이었다. 그는 침통한 듯 낮은 목소리로 말했다.

"사자, 표범, 그리고 곰. 이들은 동물원 최고의 자랑이자 명물이었네. 나도 이들을 이렇게 잃는 건 안타까워. 하지만 이게 최선이었어. 동물들과 함께한 세월이 있으니 성하 네놈도 착잡할 테지. 이해하네."

그 말에 성하는 벌떡 일어나 오카다를 죽일 듯이 노려보았다.

"잔인한 놈들!"

"뭐?"

"잔인한 놈들이라 했다. 이 짐승만도 못한 것들! 그러고도 너희가 사람이라 할 수 있느냐? 이제껏 너희가 나를 함부로 대하고, 무시해도 동물들을 돌볼 수 있어서 참으며 살았다. 그런데 어떻게 이럴 수 있느냐고!"

곧 주먹이 날아왔다. 성하는 눈앞이 흐릿했지만 버텼다. 그리고 성하도 오카다를 향해 팔을 휘둘렀다. 하지만 뻗은 손은 오카다에게 닿지 못했다. 히로키가 팔을 잡았기 때문이다.

"성하! 정신 차리게. 자네가 여기서 이러면 안 되네."

버둥거리는 성하의 몸을 히로키가 뒤에서 꽉 안았다. 성하는 벗어나려고 애썼지만 의외로 힘이 센 히로키의 힘에 버둥거리다가 서서히 움직이는 걸 멈췄다.

"주임님도 그만하시죠."

"히로키, 자네도 조센징을 더 이상 감싸지 말게. 자네가 이렇게 조센징을 받아 주니까, 저런 놈 따위가 감히 사육사가 될 거라고 하질 않나? 대일본제국의 명을 받아 이곳을 관리해 온 나에게 주먹을 휘두르다니!"

오카다는 마지막으로 한마디를 더 하고 돌아섰다.

"네놈은 오늘로 끝이다. 마지막으로 여기 있는 사체를 다 치우지 않으면 당장 감옥에 처넣을 테니, 그렇게 알아!"

그 말에 성하는 다시 주저앉았다. 그저 동물들과 함께 있겠다는 욕심이 그렇게 과한 것이었나, 다른 사육사들은 채찍으로 동물을 다뤘지만, 성하는 함부로 그렇게 하지 않았다. 그들의 습성을 관찰하다 보면 우격다짐으로 하지 않아도 성하를 잘 따랐다. 그런 모습을 볼 때마다 일본인 사육사들은 비웃으며 이렇게 말했다.

"성하! 그게 동물들을 위한다고 착각하지 마라. 본국에서 전문적으로 교육을 받고 능숙하게 동물을 다루는 우리를 잘 보라고. 너처럼 주먹구구식으로 동네 개 키우듯 하는 게 동물을 대하는 올바른 방법이 아니야."

동물들을 사랑하고, 전문적 지식을 바탕으로 동물들을 위한다면서 그들이 한 짓이 결국 동물들을 무자비하게 굶기고 독약을 넣어 고통스럽게 죽이는 것이라니. 사육사들의 앞뒤가 다른 태도와 비겁함에 성하는 분노가 치밀었다.

성하는 다시 일어섰다. 그리고 삽을 들고 땅을 파기 시작했다. 사체를 치우며 성하는 눈물을 주체할 수 없었다. 여기서 더 있고 싶어서, 감옥에 들어가기 싫어서 동물들을 거두는 게 아니었다. 좁은 철창 안에서 하루하루를 보내다가 결국 이렇게 명을 달리한 동물들에게 마지막으로 예의를 다하고 싶었다. 구덩이를 파고 그 안에 동물들을 하나씩 던져 넣으면서 처음으로 깊은 절망에 빠졌다. 사육사의 꿈을 키워 왔던 그동안의 시간이 헛되게 느껴졌다. 한적한 동물원 뒤편은 흙을 파는 소리뿐이었지만 성하의 귀에는 아직도 동물들의 절규에 찬 비명이 들리는 듯했다.

성하는 더 이상 동물원에서 일할 의미가 없다고 생각했다. 이대로 뛰쳐나갈까도 생각했지만, 마지막으로 히로키 사육사에게는 인사를 하고 싶어 동물원 이곳저곳을 다니며 찾았다. 조류사에도 초식동물이 모여 있는 방사에도 보이지 않았다. 결국 성하는 관리실로 향했다. 문을 열어 긴 복도를 지나자, 끝방 열린 문틈으로 사육사들의 대화가 들렸다. 오카다 주임의 방이었다.

'역시 인사까지는 무리였나.'

히로키에게는 나중에 찾아와 인사를 해야겠다고 생각하며 몸을 돌리는 순간 그의 목소리가 들렸다.

"몰살한다고요? 꼭 그렇게까지 해야 하나요? 미군이 조선을 공격할 거란, 한낱 소문만 믿고요? 조금만 더 시간을 주세요."

성하는 가는 발걸음을 멈춰 섰다. 격앙된 목소리였다. 이어 다른 사육사들의 소리도 들렸다.

"맞습니다. 어떻게 보살피던 아이들인데, 차라리 오늘처럼 우리 손으로 해결하겠습니다. 살릴 아이들은 살려야 해요. 군인들이 여기를 장악해 모두 총으로 죽인다는 건 말도 안 돼요."

그러자 오카다 주임의 소리가 뒤따랐다.

"히로시마 얘기 못 들었어? 천황 폐하께서 패전을 선언하는 건 시간 문제야. 만약 패망하면 미국이 경성에 폭탄을 터뜨릴 거고, 여기는 전쟁터가 될지도 모른다고. 차일피일 미루다 만약 폭탄이 동물원에 떨어지기라도 하면 어쩔 텐가. 맹수들이 인가로 뛰어들 수도 있고 여기에 갇힌 동물들은 그냥 죽음을 맞는 걸세. 상부에서 발 빠르게 움직일 땐 다 이유가 있는 거야."

"그렇다면 이제 해결되지 않았습니까. 대부분의 맹수는 이미 오늘 죽었으니까요."

냉소적인 목소리가 오카다의 말에 대꾸했다.

"여기 동물들 이래 죽으나 저래 죽으나 매한가지야. 그리고 우리는 어차피 떠날 사람들 아닌가. 떠날 때 동물들을 다 데리고 갈 건가? 우리가 없다면 동물들도 이미 죽은 목숨이야. 어차피 죽은 목숨인데 무작정 굶겨 죽인다면 그게 더 고통스러울 거라고. 이미 자료들은 모두 소각했으니, 나는 일이 마무리되는 대로 본국으로 돌아가겠네."

이 말을 들은 성하의 가슴이 심하게 요동쳤다. 무슨 말일까. 본국으로 돌아간다고? 아니 패망? 아니 그보다 성하의 마음에 남는 말은 다른 데 있었다.

'몰살이라니. 독살하는 것도 모자라 이제는 총으로 한꺼번에 쏴 죽이겠다는 건가?'

성하는 더 이상 이대로 동물들이 죽는 것을 볼 수 없었다. 성하는 자신이 뭘 할 수 있을지 생각했다. 방법은 하나였다. 내일 군경들이 들이닥치기 전에 오늘 밤 동물들을 탈출시키는 방법뿐이다. 시간이 없었다.

결심이 서자 어떻게 동물들을 탈출시켜야 할지 방법이 떠올랐다. 명정전 왼편에 있는 동물들, 그러니까 얼룩말, 사슴, 노루 등은 창경원 뒤편으로 피신시키고 대수금실 근처에 있는 새들은 입구 옆으로 유도해서 알아서 날아가기만 해도 성공이었다.

그러나 큰 문제가 남아 있었다. 덩치 큰 코돌이를 어떻게 군인들의 눈을 피해 대피시킬 것인가 하는 문제였다.

'어쩌면, 히로키 사육사님이 도와줄 수 있을지도 모른다. 어차피 오카다 주임이 본국으로 떠난다면, 그 틈을 타 히로키 사육사님이 상부를 설득한다면, 그동안 내가 시간이라도 벌 수 있도록 우선 창경원 안의 적절한 장소를 찾아 숨겨 두면 된다. 그때까지만 해보자!'

그렇다면 이제 문제는 철창의 문을 어떻게 열 것인가였다. 동물원 내 철창의 열쇠는 모두 관리실에 있었다. 순간 아침에 오카다가 준 관리실 열쇠가 떠올랐다. 그렇다면 모두 퇴근한 후 몰래 들어가 열쇠 꾸러미를 빼내면 된다.

입구를 비롯해 창경원의 문들은 군인들의 경비가 삼엄해서 사람들의 눈을 피해 창경원 곳곳, 동물들이 탈출할 만한 길을 찾다녔다. 나름 높은 담장으로 둘러싸인 곳이라 밖으로 통하는 탈출로를 찾기가 쉽지 않았다. 개구멍이 보이면 좀 더 넓혀 놓고 다시 수풀 등으로 위장해 두었다. 그리고 코돌이가 우리 밖에서 나와 숨을 만한 곳을 찾아야 했다. 성하는 창경원 내부 구석구석을 떠올리며 여기저기 적당한 장소를 물색했다.

다행히 박물관 뒤쪽으로 춘당지에 가기 전에 꽤 넓은 숲이 있었다. 그곳까지 코돌이를 데려온다면 숨기는 건 충분히 가능할 수도 있다. 그리고 그 후로 히로키 사육사님을 어떻게든 설득해 코돌이가 살 만한 동물원으로 보낼 것이다. 어쩌면 코돌이가 왔다는, 먼 아프리카로 다시 보낼 수 있을지도 모른다.

그러나 만약 발각된다면? 목숨을 부지하기 어려울 것이다. 두려움에 갑자기 몸이 떨려 왔다. 하지만 두렵다고, 내 목숨이 아깝다고 이제 와서 멈출 수는 없는 일이다. 동물들에게 매료되었던 그 순간부터 지금까지 제일 잘한 결정이라 여기며 모두가 퇴근하는 밤이 되길 기다렸다. 그리고 난영의 얼굴이 떠올랐다. 난영 역시 내 선택을 응원해 줄 거라 믿으니 한결 마음이 편해졌다.

성하는 코돌이를 피신시키기로 한 숲속 나무에 기대 저도 모르게 깜빡 잠이 들었다. 꿈속에서 성하는 어엿한 사육사가 되어 있었다. 표범이 자신에게 살갑게 다가와 머리를 비비며 애교를 부렸다. 곰이 다가와 손을 모으고 재주를 부렸다. 그런데 그들의 얼굴이 점점 고통스럽게 일그러지더니 길게 울부짖으며 성하에게 다가왔다. 성하는 깜짝 놀라 눈을 떴다.

어느덧 칠흑 같은 어둠이 사방을 감싸고 있었다. 간간이 새들의 울음소리가 들리고 야행성이 대부분인 맹수들이 그런 비극을 겪어 그런지 창경원엔 무거운 침묵이 내려앉아 있었다. 벌써 자정이 넘은 듯했다. 지체할 시간이 없었다.

우선 열쇠 꾸러미부터 찾기 위해 관리실로 달려갔다. 관리사무소는 자물쇠로 굳게 잠겨 있었지만 문제없었다. 다만 경비가 삼엄해졌는지 발소리와 함께 불빛들이 어지러이 내부를 비추었다. 성하는 들킬까 봐 진땀이 났다. 몇 번 벽을 더듬은 끝에 열쇠 꾸러미를 찾았다.

들키지 않기 위해 관리실에서 명정전까지 몸을 낮춰 이동했다. 그리고 그 옆의 맹수사로 다가갔다. 사자와 표범이 있던 텅 빈 우리를 보자 가슴이 미어지는 것 같았다. 순간 정신을 차렸다. 이렇게 죽어 간 동물들을 더 이상 만들지 않으려고 오늘 이렇게 남아 있다는 걸 다시 한번 가슴에 새겼다.

맹수사에서 제일 가까운 담비와 원숭이 우리로 다가갔다. 동물들은 성하가 나타난 걸 알고 우리 안을 이리저리 맴돌며 활발하게 움직이기 시작했다. 먹이라도 주는 줄 안 모양이었다. 성하는 손가락을 입에 갖다 대고 쉬쉬 소리를 내며 그들을 달랬다. 긴장해서인지 녹슨 자물쇠엔 열쇠가 잘 들어가지 않았다. 몇 번의 시도 끝에 '철커덕' 하고 열쇠가 돌아가고 문이 열렸다. 원숭이와 담비를 차례로 안아 들고 우리 밖으로 나왔다. 그러고는 아까 봐 두었던, 제일 가까운 탈출로 쪽으로 그들을 놓아주었다. 그들은 잠시 귀여운 얼굴로 갸우뚱하며 성하를 쳐다보았다. 왜 자신이 거기 있는지 모르겠다는 얼굴이었다.

"애들아, 가. 최대한 여기서 멀리. 깊은 숲속에서 아무도 찾지 못하게."

성하의 말을 알아들은 듯 짐승들은 고개를 돌려 숲속으로 사라졌다. 흐뭇함도 잠시, 멀리서 흔들리는 불빛들이 보였다. 아마 보초를 서는 군인들이 이쪽으로 오는 것 같았다. 두려운 마음에 땀은 비 오듯 쏟아졌지만, 마음을 가다듬으려고 노력했다. 그러고는 작은 동물들 축사는 보이는 대로 문을 열어 두기로 마음먹었다. 나중에 보초들의 눈을 피해 한꺼번에 몰고 갈 생각이었다.

드디어 코끼리사에 다다랐다. 코돌이는 아까보다 힘이 빠졌는지 숨을 더 거칠게 몰아쉬었다. 그때마다 축 꺼진 배가 오르락내리락했다. 코돌이는 성하가 온 것을 알아보고 고개를 들어 귀를 펄럭였다. 성하 역시 코돌이의 코를 부드럽게 쓰다듬었다.

그때였다. 멀리서 여러 사람의 발소리가 들렸다.

"이쪽 작은 동물들이 있던 우리도 열려 있잖아. 누군가 침입한 게 틀림없어. 범인을 찾아 어서!"

오카다 주임의 목소리였다. 얼른 문을 닫고 코돌이 뒤쪽으로 몸을 숨겼다. 곧 발소리와 말소리가 어지럽게 엉키고 커졌다. 불빛이 코끼리 우리를 비추는 게 느껴졌다. 성하는 몸을 더욱더 낮췄다.

"여긴 없는가 보군. 저 옆으로 가 보지."

불빛이 사라지는 것 같아 안도하는 것도 잠시, 다시 불빛이 우리 쪽을 비추었다. 군인이 자물쇠 쪽을 손전등으로 자세히 들여다본 것이다.

"그런데 이상합니다. 여기 자물쇠도 열려 있습니다."

그 말을 듣고 이제, 성하는 죽었구나 싶어 눈을 질끈 감았다. 철문이 열리는 소리가 들렸다.

그때였다. 갑자기 코돌이가 뒷발에 힘을 주고 땅을 딛더니 이어서 앞발로도 일어났다. 성하는 얼른 구석으로 몸을 피했다. 사람들이 '어어' 하며 손전등을 코돌이의 눈에 비췄다. 그 빛에 자극된 코돌이가 몸통을 들어 올리고 코를 휘두르며 들어오려는 사람들을 향해 위협했다. 한 군인이 코돌이에게 놀라 뒤로 넘어졌다. 그 사람을 밟으려고 코돌이가 앞발을 높이 들려는 찰나였다.

"안 돼!"

성하가 소리치며 코돌이 앞쪽으로 뛰쳐나갔다. 그 사이 군인은 몸을 굴려 옆으로 피했다. 성하를 발견한 오카다 주임이 말했다.

"동물들을 풀어 주고 있던 게 네놈이었구나. 네놈이 오늘 죽고 싶은 게지?"

몸을 일으킨 군인들이 총을 들어 성하를 향해 겨눴다. 그 순간, 코돌이가 코로 성하의 몸을 부드럽게 감싸 막았다.

"어차피 죽을 두 목숨이 한꺼번에 있으니 잘되었다. 어서 쏴!"

철커덕하며 장전하는 소리가 들렸다. 그러자 코돌이가 코로 성하를 옆으로 밀치더니 군인들을 향해 발을 구르며 앞으로 돌진했다. 그 바람에 코끼리사의 문이 열리며 우리 밖까지 코돌이가 나왔다. 군인들은 물러날 수밖에 없었다.

"꾸물대지 말고 어서 쏘라고. 뭐 하고 있는 거야?"

군인들은 오카다의 날카로운 소리를 듣고 코돌이를 향해 총을 쐈다. 코돌이는 맞자마자 더욱더 크게 이리저리 날뛰기 시작했다. 다행히 총알이 두꺼운 피부를 뚫지 못한 모양이었다. 스쳐 지나간 총알에 피가 배기 시작했다. 그러나 코돌이는 멈추지 않고 그들을 향해 달리기 시작했다. 놀란 군인들과 오카다 주임은 도망쳤다.

성하는 방금 벌어진 일 때문에 다리의 힘이 빠져 주저앉고 싶었지만 여기서 지체할 시간이 없었다. 코돌이가 시간을 버는 동안 한 동물이라도 더 구해야 했다.

다른 동물들을 더 이상 탈출시키기 어렵다는 판단이 들어 일단 성하는 맡고 있던 조류사 쪽으로 다가갔다. 그곳은 문만 열어 둔다면 바로 탈출시킬 수 있을 것이다. 손이 덜덜 떨려 열쇠로 자물쇠를 여는 일이 아까보다 더 쉽지 않았다. 그때 공작사 옆에 있는 우리에서 앵무새가 소리를 내었다.

"이봐 이봐, 바보 바보."

"알았어. 그런데 지금 소리를 내는 네가 바보야. 제발 조용히 좀 해 줄래?"

드디어 공작사의 우리가 열렸다. 공작은 성하가 들어가자 알아보고 앞으로 다가왔을 뿐 문밖으로 따라 나오지 않았다. 이럴 때를 대비해 주머니에 넣었던 곡식을 꺼내 유인했다. 드디어 공작이 몇 걸음을 걸어 나왔을 때였다.

탕! 탕!

총소리가 여러 번 울리고 코돌이의 긴 울음소리가 들렸다. 당장 코돌이에게 돌아갈까, 생각해 보았지만 조금만 더 버텨 주기를 바라며 공작을 바깥으로 빼내려고 애를 썼다.

마음이 급해진 성하는 급기야 공작을 안아 들었다. 손을 탄 공작은 성하의 품 안에서 버둥거리지도 않고 가만히 있었다. 성하는 냅다 춘당지 뒤쪽을 향해 뛰기 시작했다. 이미 발각된 이상 여기서 가까운 입구는 이미 막혀 있을 것이다. 공작의 무게가 무겁지는 않았지만 길게 늘어뜨린 깃털 때문에 계속 안고 있기가 쉽지 않았다. 사이사이 나무 뒤로 몸을 숨기며 뛰어갔다.

"저기 있다. 저놈 잡아라!"

놀란 성하가 뒤를 돌아보았다. 아까 본 군인들이 보여 성하는 더욱더 속도를 냈다.

탕!

다시 총소리가 들렸다. 이번엔 성하를 겨눈 총성이었다. 총알이 자신을 관통했을지도 모른다는 두려움에 넘어질 뻔했지만, 성하는 공작을 안은 손을 더 움켜쥐었다. 총알은 다행히 성하의 옆을 비껴가 나무에 박혔다. 몸을 한껏 낮춰 소나무 숲 뒤로 몸을 숨겼다. 성하는 주변을 살펴보았다. 앞에는 높은 담벼락만 보일 뿐이었다. 뒤에서는 요란한 군인들의 발소리가 일시에 멈췄다. 성하를 향해 포위망을 좁혀 오고 있다는 뜻이리라. 막다른 곳이었다. 성하는 선택해야 했다. 성하는 공작을 내려다본 뒤, 쓰다듬으며 낮게 속삭였다.

"난영이와 나를 위해서 힘내 줘. 할 수 있지? 저 담 보여? 저 담을 넘을 거야."

그러고는 성하는 공작을 내려놓았다. 주머니에서 곡식을 꺼내 공작에게 조금 먹인 다음 온 힘을 다해 담 위로 던졌다. 공작은 먹이가 날아가는 것을 보더니 몇 걸음 앞으로 다가가 휙 하고 날아올랐다. 성하는 털썩 주저앉았다. 이제 여기까지라는 생각이 들었다.

뒤이어 풀 밟는 소리가 들리더니 곧 벽을 향해 있는 성하의 등에 차가운 감촉이 느껴졌다.

"꼼짝 마! 움직이지 않는 게 좋을 거야. 동물들을 함부로 풀어 준 게 너였군. 너 같은 조선인들을 믿는 게 아니었는데."

성하는 그 목소리를 듣자마자 소름이 돋았다. 오카다 주임이 아니었다. 익숙하지만 낮고 차가운 음성에 놀라서 고개를 돌리는 순간, 가슴 쪽으로 강한 충격이 가해졌다. 흐려진 눈으로 위를 올려다보니 히로키 사육사의 얼굴이 보였다. 비릿한 웃음을 지으며 자신을 내려다보는 걸 보고, 성하는 그대로 정신을 잃었다.

하루가 꼬박 지나고 저녁이 되었다. 성하가 유치장 안에서 힘없이 앉아 있는데 순사가 나타났다. 긴장이 되었다. 정신을 잃은 후 깨어나 보니 이곳이었는데 순사들이 성하를 불러내 조사를 하거나 가혹하게 굴지는 않았다. 그런데 이제야 이름이 불리니 잔뜩 긴장된 것이다.

"김성하, 이리 나와."

올 것이 왔구나 싶어 몸놀림이 느려졌다. 구부정한 자세로 철창을 지나 허리를 펴자, 순사 뒤편으로 근심스러운 표정의 아버지가 보였다. 놀랍게도 취조가 아니라 석방이었다. 아버지의 부축을 받으며 경찰서 문밖을 나섰다. 저녁인데 거리가 사람들로 북적였다. 저 멀리 함성도 들렸다. 도대체 무슨 일일까? 사육사들 말대로 일본이 패망이라도 한 것일까? 궁금해하고 있는데 여전히 못마땅한 얼굴의 아버지가 말했다.

"네가 그래도 이만하니 다행인 줄 알아라. 이제 일본놈들이 물러가고, 해방인지 뭔지 돼서 그렇다더라. 이럴 때 네 형이 있었으면 더 든든했을 텐데."

가족들만 있는 자리에서도 일본인을 입에 올릴 때면, 높여서 깍

듯하게 말하던 아버지였다. 그런데 그새 일본 '놈'이 되어 버린 것을 보고 성하는 달라진 세상을 어렴풋이 실감했다.

"해방이 되어서 뭐가 좋은지도 모르겠다. 첫째 놈은 타국에서 생사를 모르고 둘째 놈은 동물한테 미쳐서 경찰서에 잡혀갔다가 이제 백수 신세가 되었으니…."

혀를 차는 아버지의 목소리가 이전보다는 한결 누그러진 것 같아 성하는 작게 웃었다. 그 바람에 잡힐 때 맞은 갈비뼈랑 부풀어 오른 얼굴이 아팠다.

"그나저나 네놈도 운은 타고났다."

"왜요?"

"어떤 사람이 보증을 서서 너를 풀어주라고 했다더라."

"누가요?"

성하의 가슴이 묘하게 두근거렸다.

"그건 몰라. 얼핏 듣기에 웬 노인과 아가씨가 왔다던데."

성하의 가슴이 아까보다 더 세게 뛰기 시작했다. 아가씨라면, 혹시 난영일지도 모른다는 생각에서였다.

"아버지, 저 잠깐 어디 좀 다녀올게요."

"몸도 성치 않은 놈이 어딜 간다고 난리야."

"조심할게요."

"…."

아버지도 더 이상 성하를 막지 않았다. 성하가 발길을 돌려 경찰서 쪽으로 갔다. 발걸음이 빨라져 거의 뛰다시피 했다. 갈비뼈의 통증쯤은 아무것도 아니었다.

"저, 말씀 좀 묻겠습니다. 혹시 저에게 보증을 선 사람이 누군지 알 수 있겠습니까?"

순사답지 않은 둥글둥글한 인상의 사내가 성하를 위아래로 쳐다보더니 대답했다.

"네놈이 어떻게 그런 분과 연이 닿았는지 알 수 없지만, 덕분에 목숨을 건진 줄 알아. 무려 총독부 참서관 댁에서 보증을 서 주셨다."

경찰서에서 아무 소득 없이 나온 성하는 천천히 걸으며 생각했다. 모든 인연을 곱씹어 봐도 딱히 떠오르는 사람이 없었다. 더구나 총독부의 참서관이라니….

'나를 찾아온 사람이 노인과 여자라고 했다. 게다가 총독부의 고위 관리라면, 혹시?'

성하는 일본인과 혼인한다던 난영의 말이 스치고 지나갔다.

'그렇다면 아직 나를 기다리고 있을까?'

난영이 있을 만한 곳, 혹시 그곳에 가면 만날 수 있을지도 모른다는 막연한 기대감에 성하는 창경원으로 발길을 돌렸다. 걸음이 빨라지고 어느새 뛰기 시작했다.

마침내 창경원 입구에 도착했다. 그러나 문은 굳게 닫혀 있었다. 실망으로 고개를 돌린 순간, 입구 옆 담장 끝에 누군가 서 있는 것이 보였다. 눈을 가늘게 뜨고 자세히 보았을 때, 성하의 가슴은 다시 요동치기 시작했다. 가로등 아래 곧게 선 자태는 틀림없이 난영이었다. 반가움에 자신도 모르게 갈라진 목소리가 나왔다.

"난영아."

한 걸음씩 천천히 다가갔다. 마치 빨리 달려가면 사라지기라도 할까 봐 꼭꼭 내디뎠다. 곧 난영의 얼굴이 보일 정도로 가까워졌을 때, 난영이 소리쳤다.

"성하야, 오지 마."

끝 음이 가늘게 떨리고 있었다. 목소리만으로는 부족하다는 듯이 한 손을 들어 완강하게 자신을 막고 있었다. 성하는 더 이상 가까이 갈 수 없었다. 난영이 왜 그러는지 알 수 없어 의아하게 보았다. 그러나 모자를 쓴 난영은 고개를 조금 더 숙여 자신의 표정을 내보이지 않았다.

그때 난영의 뒤로 검은 자동차가 요란한 소리를 내며 멈춰 섰다. 운전석에서 등이 굽은 노인이 내리더니 난영이 탈 수 있도록 차 문을 열었다. 난영은 다시 한번 손을 들어 성하를 향해 가볍게 흔들었다. 그때 손에 반짝이는 무언가가 보였다. 성하가 난영의 집 안으로 던졌던 그 지환이 틀림없었다. 자신의 마음을 이미 알고 있었다는 사실에 그동안 참았던 반가움과 안도, 슬픔과 막막함이 한꺼번에 몰려왔다. 난영에게 다시 다가가려 한 순간, 난영은 망설임 없이 몸을 돌려 안으로 들어갔고 차는 곧바로 떠나갔다.

"어째서, 고맙다고 말할 기회도 주지 않는 거야. 네 덕분에 할 수 있었어. 난영아."

성하는 차가 떠난 곳을 하염없이 바라보며 나직하게 중얼거렸다.

"대한 독립 만세!"

"우린 해방이다."

먼 곳에서는 여전히 만세 소리가 들려왔지만, 동물원의 밤은 아직 어둡고 조용했다.

작가의 말

 매년 봄이 되면 벚꽃을 기다립니다. 화사한 벚꽃 아래에서 소중한 사람들과 함께 사진을 찍고 시간을 보내는 일은 봄에만 누릴 수 있는 행복이기 때문입니다. 동물원에 가기도 합니다. 영상에서나 봤던 동물들의 모습을 눈앞에서 보는 것이 신기하고 즐겁습니다.
 과거 서울의 모습이 담긴 사진을 보다가 한 장면이 눈길을 끌었습니다. 홍화문(창경궁의 대문)이라 써진 웅장한 솟을대문 앞에 구름처럼 인파가 모여 있는 모습이었습니다. 그리고 아래에는 1960년대 벚꽃놀이를 즐기기 위해 창경'원'에 모여든 사람들이라는 설명이 덧붙여져 있었습니다. 1903년 일제는 조선 왕실을 폄훼하기 위해 계획적으로 창경궁을 한낱 유흥의 공간으로 만들어 버렸고, 창경궁은 1980년대가 되어서야 제 모습을 찾을 수 있었습니다.
 치욕스러운 역사를 간직한 공간이 분명하지만, 창경원 시절 그곳은 사람들이 가고 싶은 유원지로 손꼽히던 곳이었습니다. 1940년대를 살던 누군가에게는 그곳이 꿈의 공간이자 낙원이었을지도 모른다는 생각이 들었습니다.

성하의 이야기는 여기에서 시작되었습니다. 소년도 동물원 구경을 갔다가 동물들 모습에 매료되어 사육사가 되기를 꿈꾸었고, 아름다운 소녀를 만나 함께 행복할 거라 믿었습니다. 그러나 다시 빛을 찾게 된 날. 드러나는 진실은 성하에게 가혹했습니다. 조선인인 성하에게 봄이 되면 벚꽃을 구경하고, 동물들을 돌보며 살겠다는 꿈은 가당치 않다는 것을 여실히 보여 주었으니까요.

1945년 8월 동물원의 밤은 어둡고 가혹했지만, 그 시대를 치열하게 사신 분들 덕분에 80년이 지난 현재의 우리는 진짜 창경궁을 마주할 수 있습니다. 벚꽃이 만개한 봄을 만끽하고 동물원으로 나들이 가는 일을 일상에서 즐길 수 있게 되었습니다. 그 사실을 잊지 않고자 성하의 이야기를 썼습니다.